LA
RÉPUBLIQUE

ET PAS

DE PRINCE POUR PRÉSIDENT.

❁

PARIS. — IMPRIMÉ PAR E. THUNOT ET Cᵗᵉ,
Rue Racine, 28, près de l'Odéon.

❁

LA
RÉPUBLIQUE

ET PAS

DE PRINCE POUR PRÉSIDENT

PAR ARCHILOQUE,

MEUNIER DU MOULIN DE PARIS.

(Tarn.)

Alors précisément qu'ils se précipiteraient tous dans l'erreur, il faudrait embrasser la vérité, d'une plus forte étreinte.

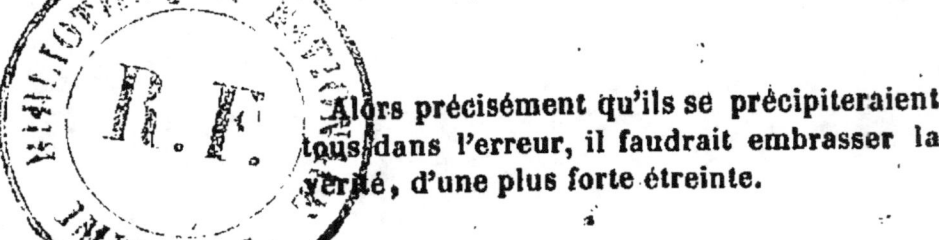

PARIS.

A. LEDOYEN,   GABRIEL,
Galerie d'Orléans.   Passage du Saumon.

1848.

I.

Appel de Dieu.

Peuple, voici venir l'un de ces moments suprêmes, où la Providence semble s'en remettre entièrement au bon sens des nations, et les convie à fixer elles-mêmes leurs destinées. Moments solennels et décisifs, où les peuples se sauvent, se grandissent et s'assurent un prospère avenir, ou bien se précipitent dans une voie fatale et se préparent d'amères et de longues douleurs!.... Depuis ces temps lointains où les Francs, tes aïeux, élevaient sur leur pavois le chef qui devait conduire leur noble race au combat et à la conquête, tu n'avais jamais été appelé à un acte aussi grand. Après quatorze siècles, pendant lesquels tu as traversé toutes les vicissitudes de l'histoire et épuisé toutes les formes de gouvernement, Dieu, alors que personne ne s'y attendait et que nul n'eût ôsé l'espérer, t'a envoyé la *Ré-*

publique, pour te réintégrer dans tes droits, et surtout pour *te rappeler à l'exercice de tous tes devoirs.*

Tu vas être convoqué pour élire le président de cette République. De ton choix peut dépendre l'avenir; ton bon sens ne fut jamais soumis à une plus rude épreuve; c'est donc à toi de montrer *si la voix des nations est bien toujours celle de Dieu.* Inutile, je pense, de t'inviter à te recueillir : en présence de l'avenir que tu as à fonder pour tes enfants, en présence de l'Europe qui te regarde et qui espère toujours en ton étoile, en présence de ta glorieuse patrie, qui te demande le repos, après mille ans de luttes, de convulsions et d'inénarrables combats, tu dois comprendre la gravité de ta situation et la grandeur de tes devoirs.

Sur ce sol encore tout tremblant des épouvantables secousses qui l'ébranlent, depuis un demi-siècle, tu peux planter, d'une main vigoureuse, le drapeau de ta souveraineté et affermir tes destinées pour longtemps. Tes pères tentèrent la même entreprise, il y a cinquante ans; mais ils moururent à la peine. Après le terrible orage qui emporta leur vaillante génération, le temps sembla reculer; les maîtres ressaisirent leur sceptre, et la pensée de tes pères passa pour insensée. Cette pensée cependant leur survécut; car, en mourant, ils avaient jeté, sur l'Europe conjurée, l'idée de la révolution, et leurs glorieux enfants, en promenant l'oriflamme de la liberté, sur toutes les terres d'Occident, semèrent partout l'espérance de l'avenir.

Tu recueilles aujourd'hui le fruit de leurs efforts; sans verser une seule larme et sans répandre une goutte de sang, tu peux réaliser leur idée et fermer ainsi l'ère des révolutions, mais à une seule condition : c'est que tu travailleras sincèrement et avec la patiente persévérance qui fonde les grandes choses, à constituer la République, qui seule peut te donner, du moins pour longtemps, la paix, l'ordre et la prospérité. Ainsi le veut le Dieu des nations, qui, depuis huit mois, fait éclater son action, de la manière la plus manifeste, dans tous ces grands événements, que nul n'avait même soupçonnés et dont lui seul a le secret.

II.

Le diable lâche difficilement prise.

En présence de l'acte si grave que tu vas accomplir, il semblerait impossible, ô peuple, que tous les enfants d'une même patrie ne se réunissent pas dans une même pensée. L'honneur, la gloire, la paix et la prospérité de la République étant le grand intérêt de tous, le cœur et l'esprit se refusent à croire, surtout quand le danger nous étreint, qu'aucune mauvaise inspiration ose se produire. Si tous, nous comprenions que le repos et le bonheur de la patrie peuvent seuls assurer le bonheur et le repos de chacun, nul, à coup sûr, n'oserait consulter, dans le choix qu'il va faire, que la voix de la conscience publique.

Mais ne t'y trompe pas, ô peuple, il n'en sera point ainsi; les passions, qui ne meurent pas plus au sein des peuples, que dans le cœur de l'homme, se réveilleront toutes, à l'heure suprême, où tu iras déposer dans l'urne de la France, le nom de celui à qui doivent être confiées les premières années de la République.

Tu verras se dresser devant toi l'infatigable ambition des uns, l'aveugle vanité des autres, le cupide intérêt de ceux-ci, les folles espérances de ceux-là. Tous ces démons du vieux privilége que tu crois mort, et qui s'agite cependant encore, sous ce sol du monde nouveau, viendront t'assaillir de leurs mille suggestions. Le plus terrible de tous, celui de la moderne concupiscence, qui t'abuse et te trompe depuis si longtemps, se dressera devant toi, et fera tous ses efforts pour marquer ton vote, au coin de son misérable intérêt personnel. Tu verras, ô peuple, la plus triste des folies humaines. Alors que tous ne devraient penser qu'à la patrie, *tu verras des hommes chercher une problématique chance d'avenir personnel, dans le choix du président de la République ; ils repousseront l'un, parce qu'il ne les a pas encore nommés ministre, préfet, ambassadeur ; ils prendront tout autre, qui voudra leur promettre ses faveurs.* Les promesses les plus extravagantes, les espérances les plus insensées te seront prodiguées à toi-même ; les séductions de tout genre seront essayées, pour laisser une porte ouverte aux rêves de la monarchie, à la royauté de la vieille servitude. Les noms les plus contraires te seront désignés, comme l'ancre de ton salut.

Vainement tes souffrances sont profondes et anciennes, vainement tes innombrables misères appellent un remède nouveau, vainement cinquante ans d'indicibles labeurs et d'effroyables convulsions t'auront appris que le bien de tous ne saurait tenir à un nom propre; vainement tant de révolutions seront là pour te rappeler, que c'est toujours folie que de compter sur un homme ou sur une famille, quand il s'agit du bien-être de toute une nation; vainement enfin ton âme encore toute meurtrie des nombreuses déceptions que tu as essuyées, protestera contre toute tentative de restauration; tes adversaires ne t'en diront pas moins : Nomme celui-ci et tu seras affranchi de toutes tes souffrances ; il apporte, avec lui, la gloire et d'immenses trésors ; nomme celui-là, il te rendra la confiance et la prospérité ; tous les riches, à sa voix, te verseront l'abondance ; tes pères furent toujours heureux, sous le sceptre de ses ancêtres. Nomme l'un, parce qu'il est ami du peuple ; nomme l'autre, parce qu'il est fort et qu'il saura te défendre. En voici un cinquième, qui sera profond administrateur; en voici un sixième; qui a l'âme d'un poëte et le cœur d'un grand citoyen, etc., etc., etc.

Cette foule de prétendants devra te flatter beaucoup, ô peuple; toi que l'on dit indiscipliné, mutin, ingrat, ingouvernable, perdu de mœurs et de mauvais instincts, damné au premier chef, tu verras tous les hauts et puissants seigneurs d'autrefois et d'aujourd'hui briguer l'honneur de te gouverner. Sur ce point, tu n'auras donc pas trop à te plaindre; les grands du monde viendront faire antichambre à la porte de ton assemblée électorale. Mais tiens-toi bien sur tes gardes : depuis longtemps, on te connaît bon homme; tu as été souvent trompé; tu pourrais l'être encore, et cette fois ce serait pour longtemps.

Aide-toi, ô peuple, et le ciel t'aidera; tiens-toi ferme aux principes; les principes seuls sauvent le monde, parce que seuls, ils fondent la foi, et que la foi seule peut dégager le présent et fonder l'avenir.

III.

ARCHILOQUE demande à dire un mot, pour
poser la question.

La situation étant complexe et difficile, tu
ne trouveras donc pas mauvais, ô peuple, que
l'un des tiens et des plus humbles vienne te
soumettre ses doutes et causer, avec toi, de
notre futur président. Mais auparavant une
autre question doit nous arrêter, un instant;
elle est fort grave et doit primer la première.

*Veux-tu garder la République ou revenir à
la monarchie?...*

Voilà le point, sur lequel tu dois mettre ta
conscience et ta conviction au plus net; car
c'est celui sur lequel portent déjà et porte-
ront longtemps encore les attaques des ennemis de ton repos. Vieux et récents marquis,
princes et ducs, privilégiés de la cape, privilégiés de la robe, intrigants de la veille, intrigants du lendemain, tous s'y attaqueront, et
de l'ongle et du bec, à cette République, dont
le principe inflexible doit inévitablement régé-

nérer les mœurs, attaquer les abus, anéantir les priviléges, forcer l'homme au devoir et inaugurer, sur la terre, le règne de Dieu..... ou périr et laisser le monde retomber dans l'insondable anarchie des idées et des choses.

Parmi tes adversaires, je n'ai pas compté cette nuée de magnifiques paresseux, que la royauté sème et entretient fatalement, autour d'elle : plantes vivaces et parasites, que le terrible orage des révolutions n'a pas encore pu déraciner du sol de la monarchie.

Je n'ai pas compté tous ces monarques étrangers, dont tu troubles depuis si long-temps le séculaire sommeil, que ta grande révolution a tant épouvantés, et que Dieu secoue si fortement sur leurs trônes, depuis que son doigt puissant a montré tout à coup le chemin de l'avenir aux peuples de l'Europe.

Ne t'étonne donc pas de ma question peut-être un peu brusque. Quand les éternels ennemis de ton repos cherchent, de tous leurs efforts, à t'égarer de nouveau vers la royauté, il est urgent de bien s'entendre : la moindre méprise, la plus légère incertitude ramène-rait, à coup sûr, les nuages qui recèlent la

foudre. Consulte-toi donc bien ; veux-tu la
République ?

IV.

Qu'est-ce que c'est que la République !...

La République est un gouvernement qui a
pour but le bien-être de tous et de chacun,
autant que Dieu permet à la nature humaine
de le réaliser dans ce monde.

C'est une cité politique, dont tous les citoyens, égaux devant la loi, comme devant
Dieu, ne peuvent se distinguer et s'élever que
par le travail, l'austérité des mœurs, la pra-
tique du devoir, la culture de l'intelligence,
l'obéissance à la loi et l'amour de la patrie.

C'est un état qui n'admet que la supériorité
du mérite et du talent, vivifiée et ennoblie
par la vertu.

C'est un état où le fort, le riche et l'intelligent doivent sympathie, secours et protection
au faible, au pauvre, à l'ignorant.

C'est un état où le pauvre, le faible, le souf-
frant, l'ignorant doivent respect, reconnais-

sance et sympathie à tous ceux qui sentent et consolent la douleur, qui allègent le poids du labeur, viennent en aide à la faiblesse et font la lumière à l'ignorance.

C'est un état, qui proscrit l'orgueil, la concupiscence, les mauvaises mœurs, l'envie, la paresse, l'indiscipline, la révolte et l'intrigue.

Ses fondements sont la liberté, l'égalité, la fraternité et une sainte soumission aux volontés de Dieu et aux lois de l'humaine nature ; et quoi que les insensés puissent jamais te dire, à ces fondements, il faudra toujours ajouter *la sainteté de la famille* et *le respect de la propriété*, ces deux éternelles racines de toute société.

C'est un état enfin qui monte quand les mœurs publiques s'élèvent, et qui descend quand les bonnes mœurs fléchissent.

La vraie République est donc la réalisation de la pensée chrétienne : *Adore Dieu, ne fais pas à autrui ce que tu ne voudrais pas qu'on te fît, aime ton prochain comme toi-même, sois chaste dans tes mœurs*, parce que les bonnes mœurs sont les sûres gardiennes de la force, de la liberté et de la dignité de l'homme.

Dieu lui-même donna le plan de cette République à Moïse, ô peuple ! et si tu veux relire attentivement, dans la Bible , le VIIIe chapitre des Rois, tu y verras que Dieu ne permit la royauté que comme un châtiment, aux peuples qui dégénèrent et se corrompent.

La vérité politique te vient, comme tu vois, de loin et de très-haut ; c'est pour avoir méconnu sa céleste origine que les peuples sont tombés dans les profondes misères de la servitude et se débattent si tristement, depuis plus de mille ans, au milieu des arides broussailles de l'erreur , de l'utopie et du mensonge, dans la vallée de l'égarement. Voilà le vrai, hors duquel on peut dire, à coup sûr, qu'il n'y a point de salut. Y revenir sincèrement et en toute humilité, c'est ton plus court : tant que tu t'obstineras à t'agiter dans le désordre des passions, dans les folies de l'orgueil, dans le cercle de fer d'un glacial égoïsme, dans les emportements de la colère insensée , dans les amères étreintes de l'envie et de la haine, dans les misérables tentations de la vanité, n'espère ni repos ni bonheur ; ta vie ne sera sur la terre que l'existence désolée de Caïn, que l'éternel supplice de Sisyphe : *royauté, monarchie, empire, république* ne signifieront toujours qu'une seule et même chose, *servitude, douleur, déception.* Les mots n'y font rien ; la vérité seule peut te rendre le soleil des vivants. Peuple, c'est seulement, à l'ombre de cette République, que tu trouveras le repos et la fin de tes misères. Quand tes adversaires montrent tant d'ardeur, pour ressaisir leurs priviléges et te remettre en servitude, toi, seras-tu sans force et sans constance, pour fonder et affermir ton droit, ta souveraineté, qui seule peut assurer le bonheur de tous ?

V.

Effets de la République.

Voyons maintenant ce que peut te donner la République qui t'est advenue, quand tu ne l'attendais pas. Ton bon sens te le découvrira facilement :

1° Par le suffrage universel, la République met, en tes mains, le *souverain pouvoir,* auquel tous tes enfants viennent participer, à leur tour.

Tu choisis toi-même tes législateurs. Libre de leur continuer ou de leur retirer, à ton gré, ta confiance et ton mandat, tu leur confies la glorieuse et sainte mission de discuter, de régler, de défendre tes intérêts. Tu restes toujours le maître et le juge absolu de leurs actes. Ce premier bienfait doit calmer toutes tes craintes, puisqu'il t'assure le remède à tes maux; il efface jusqu'au dernier vestige de la servitude. Si, avec le suffrage universel, il s'élevait la moindre oppression, elle ne pourrait être que ton ouvrage; toi seul serais le coupable.

2° Tu nommes le chef de l'État, qui relevant entièrement de toi, te devant toujours compte de sa gestion, ne peut avoir qu'une ambition, à savoir, de gouverner pour le bien et l'honneur de tous. *La République, ô peuple, t'arme ici d'une prérogative unique, admirable; elle te donne le pouvoir de faire ce que les siècles ni l'histoire n'ont pu faire; elle te met à même d'enseigner à ceux qui gouvernent à être et à rester dignes du gouvernement.* Ceci mérite toute ton attention.

Dans la longue série des rois et des empereurs, il y en eut un grand nombre qui portèrent, sur le trône, une âme élevée, un noble cœur, un sincère amour pour les hommes, le sentiment profond du devoir. Ce serait blasphémer contre la nature humaine, que de prétendre que tous ceux qui ont régné, ne furent que des insensés ou des pervers ; et cependant la postérité n'a conservé, avec respect et reconnaissance, que le nom d'un petit nombre d'entre eux ; parce qu'une fois élevé sur le trône, l'homme, même avec le plus grand génie et l'âme la plus fortement trempée, est incapable de résister aux pernicieuses suggestions qui viennent obscurcir, en son esprit, les saintes idées de justice et de devoir, jeter, en son âme, les funestes inspirations de la défiance et de la peur ou les folles prétentions de la vanité, et gâter son cœur, par les fatales terreurs de la crainte et les colères de la haine. Le manteau de pourpre n'isole pas seulement les rois du peuple ; mais plus terrible que la robe de Nessus, elle leur étreint et leur dévore le cœur. C'est pour cela que si peu sont restés les pères ou les amis de leurs sujets.

Tous ces dangers, tous ces poisons ne sauraient atteindre le chef d'une République. Magistrat temporaire, il n'a le temps ni d'oublier son origine ni de se corrompre; en mettant le pied sur le seuil du pouvoir, ses regards ne sauraient éviter la porte opposée, par laquelle il doit en sortir. Vainement il serait le plus ambitieux des hommes; dépendant du peuple, il ne peut espérer trouver sa force que dans la nation; il ne peut avoir d'autre ambition que de mériter, en faisant le bien, le souvenir du pays, au sortir du pouvoir. Remarque le donc bien, ô peuple, c'est ici qu'éclate la supériorité de la République; la royauté corrompt fatalement le cœur, la République l'élève et l'ennoblit nécessairement.

3° La République *moralise l'administration publique.* Sous ton regard et presque toujours périodiquement soumis à ton contrôle, quel magistrat, ô peuple, pourrait être assez insensé pour risquer son existence, son honneur et encourir la flétrissure de tes censures? Ceux même, que le pouvoir exécutif appellera, lui seul, aux fonctions publiques, pourront-ils oublier que, mandataires du gouvernement, ils ne rencontreraient que la honte si, infidèles à leur mission, ils compromettaient, à tes yeux, les choix et la responsabilité du président de la République?... Solidaires entre eux et surtout avec le gouvernement responsable de tous ses actes, à ton tribunal suprême, les fonctionnaires publics comprendront donc nécessairement que désormais le seul moyen de rester dans les postes de la République, sera de mériter ta confiance et ton estime. Le devoir devenant ainsi le premier besoin de tous les officiers publics, l'administration se moralisera, par la force même de sa constitution; et tous ces scandales, qui ont si longtemps et si souvent soulevé tes colères, disparaîtront, sous l'influence de la censure publique. L'activité et l'ardeur monteront ainsi dans toutes les branches de l'administration de l'État, et tu verras promptement revenir le bien-être; tu sentiras partout circuler la confiance et la sécurité.

4° La République *moralise les élections.* Quand une faible minorité de la nation avait seule la voix délibérative de la France, l'action toute-puissante du gouvernement pouvait altérer, subjuguer même tout ce corps électoral. Ce fut là l'origine de cette corruption qui enfanta le malaise qui te dévore, depuis longues années, et dont les iniquités, te faisant presque désespérer de l'avenir, soulevèrent tes colères. Tant que la source de ces iniquités subsisterait, tu serais condamné à ces périodiques secousses, qui ajoutent toujours à tes souffrances et rendent ta misère de plus en plus profonde.

Mais qui oserait espérer aujourd'hui que l'on parviendra jamais à tromper, à corrompre le suffrage universel? Peuple, ne l'oublie donc jamais, le suffrage universel doit être désormais le roc inébranlable, contre lequel viendront toujours se briser l'intrigue et les mauvaises passions. *Ce suffrage fait ton grand pouvoir; il sera toujours l'ancre de ton salut et l'inébranlable assise de ta souveraineté.* La République seule peut te le conserver. La monarchie ne pourrait pas vivre même un jour avec le suffrage universel. Tu as donc à voir si tu veux abdiquer, en ses mains, et te condamner de nouveau à voir ta patrie fatalement bouleversée tous les quinze ans.

5° La République *classe les capacités et les*

droits. Quand les fonctions publiques seront devenues un véritable ministère public, sans cesse exposé au grand jour de l'opinion de la France, qui oserait les briguer, sans droit, sans capacité, sans moralité?... Quel serait le fonctionnaire qui pourrait espérer longtemps échapper à ton contrôle et demander à la France ce qui ne doit jamais être obtenu que par le mérite?... Songes-y bien, la brigue des fonctions publiques a jeté une grande perturbation, dans tous les rangs de la société. Au milieu de ces flots d'assaillants qui assiégent toutes les avenues de l'administration, sont nés, en grande partie, tous les fléaux qui désolent notre état social, les iniquités de la faveur, l'insolence des incapacités, l'audace du népotisme, le simoniaque trafic des places. La République, en classant tous les droits, en les soumettant tous à un contrôle sévère, peut seule refouler les incapacités, ouvrir la carrière aux plus dignes, et assurer ainsi aux services publics, l'intelligence, l'activité et la moralité.

6° La République *moralisera et organisera la presse.* Dans un pays libre, où tout est livré au vent de la discussion, les personnes, les principes, l'État lui-même sont sans cesse exposés aux attaques les plus imprévues, les plus violentes et fort souvent les plus immeritées. C'est là un grand danger, un mal profond, que la presse, cette prétendue dominatrice de la société moderne, est venue ajouter à toutes les causes de malaise, qui travaillèrent les sociétés anciennes.

Les opinions les plus funestes, comme les plus fausses, revendiquent hardiment leur place au soleil; au nom de la liberté de penser, les idées les plus subversives, les théories les plus insensées prétendent au droit de cité, proclament audacieusement leur inviolabilité, et se posant résolûment en face du principe même de l'État, elles vont jusqu'à attaquer le fondement de la société. La société elle-même serait ébranlée sur sa base, si Dieu n'était là, pour rendre à la fin le dernier mot à la raison et à la conscience humaines. Toutefois ces utopies audacieuses parviennent souvent à semer le doute, dans les esprits de la foule, toujours facile à se passionner pour l'étrange et l'inconnu. Le malaise profond qui nous tourmente aujourd'hui, la perturbation lamentable qui s'est faite dans toutes les idées, n'ont d'autre origine que l'excès et l'abus de la presse. Ces maux sont redoutables, mais ils ne sont peut-être pas les plus pernicieux.

La calomnie, qui ne touche jamais rien, sans y laisser une atteinte de son virus, a trouvé, dans la presse, une arme si meurtière que nul n'y saurait résister. Ce n'est peut-être pas encore là la plus triste conséquence de la presse mal organisée.

La société, à coup sûr, est plus activement minée par cette infatigable raillerie qui, de nos jours, s'est prise à rire de tout et de tous. Tour à tour plaisante et spirituelle, fine et acérée, impertinente et cruelle, audacieuse et grossière, haineuse et inexorable, elle attaque, elle étreint, elle dépèce, elle ridiculise les hommes et les choses, l'action et la pensée, jusqu'à désespérer l'âme la mieux trempée, le cœur le plus intrépide, jusqu'à irriter la mansuétude la plus inaltérable. A cette raillerie, qui n'est plus qu'un immense ricanement, tel que l'imagination seule pourrait en concevoir un pareil, chez un peuple de pauvres insensés, rien ne

pourrait résister, ni homme, ni chose, ni principe, ni gouvernement. Dieu lui-même perd,
chaque jour, de son empire, dans le cœur de
l'homme, sous les coups de cette raillerie,
dont chacun, de notre temps et en notre société qui se prétend si policée, se plaît à re-
dire les finesses, à vanter l'esprit, à savourer
le sel. C'est par son influence que la nation
des *malins qui créa le vaudeville*, semble souvent n'avoir plus rien ni de sérieux, ni de
grand, ni de respectable, ni de saint. Armée
de ce terrible acide, la presse peut, à bon droit,
se dire la reine de notre temps, la maîtresse
absolue des hommes et des choses. Elle peut, en
effet, quelque sévère que soit la loi, crucifier,
tuer, à son gré, un homme quelconque et toute
espèce de gouvernement, parce que rire est un
privilége inaliénable de l'humaine espèce.

Mais quand la République aura d'abord mis
à nu et aux yeux de tous, toutes les plaies qui
nous dévorent, et qu'ensuite, après nous avoir
tous disciplinés au gouvernement, par le suffrage universel, elle nous aura fait comprendre
à quelles conditions seulement une société est
viable, à coup sûr, la presse concevra une idée

plus haute et plus sérieuse de son pouvoir comme de sa mission. Alors, à coup sûr, le premier étourdi sorti du collége, le premier ambitieux venu, le premier fou incompris, ne seront pas reçus à tenir la plume destinée, chaque jour, à défendre et à éclairer la justice et le droit de l'humanité, à rappeler à tous la sainte obligation du devoir et à tracer la voie à l'opinion publique elle-même.

Les hommes de la presse, à cette époque, sentiront le besoin de constituer comme une espèce de jury d'honneur, dont ils seront fiers de relever tous, parce que le jour, où ils formeront un corps discipliné, il pourront réellement devenir un véritable sacerdoce de la liberté, du droit et de l'humanité. Alors, sans doute, ils railleront un peu moins, mais ils riront, avec plus d'esprit et de goût. Leur rire distillera une salutaire gaieté et non point l'amertume du fiel. La société, à coup sûr, s'en portera mieux.

Sentinelle avancée de toutes les libertés, comme aussi de tous les devoirs, la presse comprendra naturellement que, quand tout le monde a part au gouvernement, tout le monde a besoin de plus de sagesse, de plus de modération et de plus de mansuétude, sous peine d'être condamné à l'isolement et de mourir, au milieu de l'indifférence publique.

Ainsi tous ces journaux qui, chaque jour, rallument leurs colères et se dressent hardiment contre tout ce qui leur est opposé, au risque même d'ébranler la société, deviendront, par l'ascendant dominateur de la République, les soldats intrépides du droit et de la liberté, mais les défenseurs respectueux et disciplinés de toutes les idées sérieuses, dont vivent toujours les sociétés humaines.

Tant que la société ne fut qu'une immense agrégation d'hommes, exploitée au profit d'un petit nombre, la presse a dû semer la tempête; mais quand l'État et la cité politique appartiennent à tous, sa nature change, comme son rôle : elle n'a plus qu'à parler concorde et fraternité, organisation.

Sur ce point il importe, ô peuple, que ta conviction soit bien arrêtée. Si jamais la royauté tentait de ressaisir son empire, il éclaterait, entre elle et la presse, un duel à mort; et comme, après tout, la presse représente la liberté de penser, et que la pensée humaine ne saurait plus succomber désormais, la résurrection de la royauté ne serait qu'éphémère. Elle retomberait à l'instant, peut-être au milieu d'épouvantables ruines. Si tu veux éviter cette nouvelle guerre d'extermination, tu resteras, ô peuple, fidèle à la République, qui seule peut te donner des jours tranquilles.

Archiloque devrait t'indiquer ici les autres conséquences inévitables de la République, qui seule peut résoudre les grandes questions, parce que seule elle peut les résoudre, dans l'intérêt de tous; ainsi, par exemple:

1° L'organisation ou plutôt la création de l'enseignement public;

2° La réorganisation de la magistrature, à laquelle il faut rendre et toute notre vénération et toutes ses conditions de dignité;

3° L'institution réelle du crédit national;

4° Surtout une nouvelle et réparatrice organisation du clergé, dans lequel, il faut bien te le dire, ô peuple, tu trouveras toujours un puissant auxiliaire et l'ami peut-être le plus sûr, quand son éducation, son recrutement et son organisation auront subi la féconde épreuve

de la révolution, et que ce clergé aura réap-
pris que la République est le gouvernement
normal, que Dieu a donné aux hommes. Mais
tous ces points sont délicats, épineux; ce n'est
pas, en passant, qu'il faut les aborder. Archiloque peut-être, si le temps le lui permet, en
attaquera quelques-uns, et t'en dira son idée.
Pour le moment, ceci nous éloignerait beaucoup
trop ; nous finirions par oublier le président.

VI.

La République doit détruire la misère, autant que les passions humaines peuvent le permettre.

La misère qui te dévore aujourd'hui, te vient
de loin, ô peuple ; et, comme toutes les
choses mauvaises, elle a plus d'une cause et
plus d'une forme. Misère morale, misère in-
tellectuelle, misère physique ; c'est le monstre,
qui autrefois aboyait, aux portes des enfers, et
qui aujourd'hui ravage la terre.

Les quinze dernières années qui viennent de
finir, n'ont pas peu contribué à lui livrer la
société sans défense ; ces quinze années n'ont

été guère qu'une rapide course vers l'anarchie des idées, vers la corruption des mœurs publiques et vers la banqueroute. Ceux qui te diraient que la République a amené cette lamentable crise, savent bien qu'ils te trompent; c'est pour cela que leur assertion est une grande faute, et même un crime. L'abîme de ta triple misère se creusait depuis longtemps; il faudra beaucoup d'années, pour le combler, sous ces deux premiers rapports. Quant au terrible déficit financier, qui devait fatalement te mener à la banqueroute et t'engloutir peut-être dans son gouffre, tu t'y précipitais depuis quinze ans surtout. Quand l'histoire redira que le gouvernement de juillet *a toujours emprunté, sans jamais payer*, elle révélera alors toute la profondeur de ce mot, que l'on prête à un roi, dont le défaut ne fut ni d'être penseur ni haineux : *Je laisse la France riche ; ce qui me navre le plus, c'est de la voir tomber en des mains qui la ruineront.* La prophétique parole de Charles X à lord Melville, se serait réalisée complétement, si la Providence, qui arrête toujours à temps les folies humaines, n'était venue mettre un terme au *funeste système,* par un de ces coups imprévus, qui déjouent toutes les combinaisons et dépassent la portée de l'homme.

Mais la République guérira-t-elle tes profondes souffrances?... A entendre ses détracteurs, elle n'a fait que les aggraver, et elle doit même creuser le sépulcre de la France, *si elle pouvait durer.* La situation est, comme tu vois, grave et terrible. Toutefois raisonnons.

Après avoir reconnu que la révolution de février devait inévitablement amener une terrible crise, par le fait même de sa secousse, il faudra reconnaître aussi qu'elle a découvert, dès son premier jour, toute la profondeur de l'abîme, sur lequel nous dormions, dans la plus fausse sécurité. Donc ce dévorant déficit constaté, au 24 février, ne saurait être l'œuvre que de la royauté.

Maintenant la République peut-elle même espérer de vivre, si, d'une main vigoureuse, elle n'inaugure pas l'ère des réformes, si elle ne rappelle point l'économie, dans toutes les affaires, si elle ne rétablit point l'équilibre, dans nos finances, si elle ne raffermit pas ton

crédit, sur une base plus large et plus solide,
si enfin, après t'avoir sauvé de la banqueroute,
elle ne t'émancipe point tout à fait de la séculaire tyrannie des traitants, des banquiers et
de ces dix mille boursiers environ, qui peuvent aujourd'hui, s'ils le veulent, affamer le
pays, étrangler le trésor et faire disparaître le
dernier écu de la France? Certes, et à coup
sûr, la République périra; car alors elle ne
mériterait pas mieux de vivre que les autres
gouvernements, qui ont vécu.

Mais, ô peuple, la République le voudrait,
elle ne pourrait pas plus mentir à sa mission
que le fleuve ne peut remonter vers sa source,
que l'âme ne peut rejeter l'espérance, que la
conscience ne peut se nier elle-même. Dieu
l'a envoyée pour réparer un mal profond, nous
faire tous rentrer en nous-mêmes et nous
mettre tous à l'œuvre de notre régénération;
donc ses destinées, qui se révèlent à peine,
s'accompliront, parce que la vie sera laborieuse
pour tous, tant que tous n'auront pas sincèrement travaillé et que l'on ne sera pas parvenu
à guérir le désordre moral, politique et *financier*, que la monarchie a laissé. La nation une

3.

fois entrée sincèrement dans les voies d'une
sage liberté et marchant, à la féconde lumière de la fraternité chrétienne, trouvera son
vrai gouvernement, fondera son repos et verra
le soleil des beaux jours.

VII.

Vaine terreur d'un terrible retour.

Jette donc bien loin derrière toi, ô peuple,
toutes ces artificielles terreurs, que l'on cherche
à t'inspirer, en évoquant les souvenirs d'un
passé qui fut grand, mais sombre et sanglant.
Ceux qui s'obstinent à combattre la République,
par le fantôme du passé, savent parfaitement
que les ombres ne sont pas redoutables et que
surtout elles ne reviennent pas.

93 *ne sera et ne peut être désormais qu'une
date terrible ; mais, dans l'ordre des temps, la
même date ne revient jamais deux fois.*

Qu'ils en fassent donc leur deuil, tous ces
effrayeurs perfides et tous ces républicains matamores, qui ne veulent voir la République que
dans le gilet blanc de Robespierre ou dans

l'instrument de Fouquier-Tainville. Il n'est pas plus possible de ramener la France aux mauvais jours de la première révolution qu'aux chasses et au parc aux cerfs de Louis XV.

Dieu prête aux nations, comme aux hommes, les temps, pour s'en servir une seule fois, à leur gré. Mais, quand ces temps ont passé sur la roue de l'éternité, ils ne reviennent plus, ou du moins la même nation ne peut jamais les revoir.

La République de 93 avait à soulever tout l'ancien monde et à creuser le sillon de la liberté, à travers le sol européen durci, pétrifié par mille ans de servitude et d'ignorance. Le soc de la charrue républicaine devait se briser, contre le granit qui avait envahi le sol d'Occident; mais enfin il parvint à le fendre, et le sillon fut ouvert.

La *Convention*, qui tenait le manche de la charrue, s'irrita devant l'obstacle, et raidissant son effort, elle frappa de grands, mais déplorables coups. Dieu le permit ainsi. Ce même Dieu, père des hommes, qui nous créa tous libres, n'avait-il pas donné l'ordre au grand législateur des Hébreux, à l'immortel fonda-

teur de la République juive, de frapper, d'épouvantables plaies, la tyrannique Égypte?...
Et le Christ, l'Homme-Dieu, le Christ, cette humaine personnification de l'âme et de la mansuétude divines, quand il eut considéré, du haut de la montagne, Jérusalem plongée dans le vice et irrévocablement asservie à la corruption, ne condamna-t-il pas la cité de David à périr?...

D'ailleurs à quoi bon cet éternel ressouvenir des funèbres jours de 93?... La *Convention* les paya de sa vie; mais, en mourant, la *Convention* sauva la France; et, à ce titre, quelque lamentable qu'aient été quelques-uns de ses jours, elle aura toujours droit au respect de l'histoire et à la reconnaissance de la postérité.

VIII.

La monarchie est morte; Dieu veut la République.

La République de 1848, en venant inaugurer de nouveau le règne de l'égalité absolue de tous devant la loi, proscrit jusqu'au dernier des priviléges, celui de la naissance, par la création du *pouvoir électif,* efface la dernière trace de la royauté et marque le gouvernement de l'ineffaçable empreinte de la démocratie.

Vouloir réagir contre le principe démocratique et essayer de relever la royauté, sous quelque forme que ce fût, serait la tentative la plus insensée, qui se pût imaginer. Pour concevoir la moindre espérance sur ce point, il faudrait faire reculer le temps, qui ne rétrograde jamais, changer, anéantir l'esprit du siècle et arracher du cœur de la France jusqu'au souvenir des efforts inouïs, qu'elle a faits depuis cent cinquante ans; il faudrait plus encore, il faudrait endormir l'esprit français, d'un sommeil de plomb, et ne le réveiller qu'après mille ans, avec des idées et des habitudes radicalement contraires à celles qui, depuis un siècle, le pénètrent, le dominent et le poussent en avant; il faudrait enfin refouler l'esprit chrétien, cette âme divine des temps modernes, qui, depuis dix-huit siècles, tend, par une continuelle aspiration, à réaliser, sur la terre, le triple dogme de la *liberté,* de l'*égalité* et de la *fraternité.*

Qu'on ne s'y trompe donc pas : le débat n'est

nullement là entre les royalistes et les républicains; il est entre l'ancien monde et le moderne; il est entre l'immobilité et le mouvement; il est entre Dieu, père de l'humanité et le génie du mal, père de la servitude. Quelqu'un pourrait-il te faire croire, ô peuple, que Dieu se laissera vaincre...? Voilà la vraie question : et pour peu que tu veuilles y réfléchir, tu comprendras, ô peuple, que la République n'est que la conséquence nécessaire des principes, qui se développent, depuis des siècles; principes inexorables, que les hommes peuvent combattre, obscurcir, calomnier, mais, contre lesquels les mauvaises passions humaines ne sauraient prévaloir. Pour t'en convaincre, jette un regard sur les cinquante dernières années : qu'y verras-tu?... Un fait venant, sans cesse, déjouer et dépasser la pensée des hommes.

Venue, à la suite des événements, née de l'assemblée constituante, dont tous les membres étaient pourtant accourus pour raffermir la royauté, la République, après avoir vaincu l'Europe, succombe, épuisée par ses premiers efforts. Le plus grand homme des temps modernes, et peut-être de toute l'histoire, couvre sa tombe des plus beaux lauriers de la victoire. La légitimité vient, à son tour, et croit avoir scellé la pierre du sépulcre. Le vieux principe monarchique semble avoir retrouvé toute sa force, et les peuples d'Occident, un instant aveuglés, jurent malédiction à la révolution, à la démocratie.

Mais regarde bien : au milieu de ce monde, qui applaudit frénétiquement le retour de ses rois, qui même, en un jour de délire, applaudit à l'*invasion étrangère*; au milieu de ce monde, qui s'enivre de royalisme et proclame la royauté désormais invincible, la pensée démocratique cesse-t-elle, un seul instant, de circuler ?... La séve de la liberté cesse-t-elle, un moment, de monter, jusqu'à ce que l'étincelle électrique fasse éclater le coup de foudre de juillet ?...

Et après le pacte de 1830, certes, ô peuple, tu devais croire que la République, qui se redressa un instant, devait rester à jamais impuissante et anéantie, sous cette royauté constitutionnelle, l'invention la plus habile que l'on pût imaginer pour désarmer la démocratie, invention que Lafayette lui-même appelle, *la meilleure des républiques*.

Qu'a cependant pu faire cette royauté tant vantée, si cauteleuse, si rusée, qui a tenu la France, pendant dix huit ans...? Tu l'as vue tomber, et tomber, en plein jour, presque sans secousse, alors que personne ne la croyait même menacée.

O peuple, quand tu voudras y penser sérieusement, la révolution de février sera là, pour te prouver que Dieu a toujours son heure, et que toute combinaison humaine disparaît, devant sa volonté. Si donc Dieu a voulu la République, qui oserait le contredire ? qui oserait s'insurger contre lui....? La République n'est venue que parce qu'elle entre dans les desseins de la Providence. Craindre seulement, pour sa conservation, serait se défier de la divine sagesse; ce serait nier la loi du mouvement, qui entraîne toutes les sociétés humaines; ce serait faire de ce monde un monde de ricochets, où tout pourrait s'entre-heurter, dans une éternel pêle-mêle, au caprice des passions, sans aucun dessein de la part de Dieu, et sans aucun but pour la race

humaine. Ce serait là le plus désolant des blas-
phèmes.

Mais rassure-toi, ô peuple; Dieu ne laisse
pas aller ainsi son œuvre à l'aventure; son
amour pour l'humanité ne sommeille jamais, et
sa justice n'abdique point. Sous sa main et son
regard, le monde marche, la race humaine
progresse, la lumière se fait, et l'œuvre de l'af-
franchissement universel se poursuit à travers
les sombres prédications des prêcheurs de servitude, malgré le dissolvant égoïsme qui nous
dévore, malgré l'effroyable inconséquence de
ces prétendus républicains, qui se posent
comme les libérateurs des peuples et nient l'action de Dieu, avec un magnifique dédain. A
entendre ces esprits aveuglés, à les voir hocher
la tête et se torturer les épaules quand on
leur parle de Dieu, on pense involontairement
au pauvre insensé qui, pour faire avancer le
navire qui l'emporte, appuie fortement son
épaule ou frappe sa tête contre le grand mât;
on pense au malade en délire qui s'imagine
voir tout marcher, autour de lui, quand il ne
fait que s'agiter convulsivement dans son lit.

IX.

Retour à la providence; approche de la vraie République.

Toutefois, il faut le reconnaître, depuis quelque temps, tous ces fiers contempteurs de la pensée, de la foi religieuse, au milieu des événements qui fondent sur l'Europe, confondent toute sagesse humaine et humilient notre intelligence ; tous ces fiers contempteurs de la foi religieuse paraissent s'assouplir à l'idée que Dieu pourrait bien ne pas être tout à fait absent de ce monde. Le dieu *hasard* ni la déesse *nature* ne leur suffisent plus, pour expliquer cette ineffable harmonie des révolutions qui sauvent les sociétés, alors qu'elles sembleraient devoir les engloutir. A force de voir leur pauvre sagesse leur prédire faux et leur intelligence en défaut, ils se reprennent à soupçonner que nos pères auraient bien pu penser juste, en disant que *Dieu mène le monde, tout en laissant à l'homme la liberté de s'élever jusqu'au bien ou de s'agiter dans le vide.*

En aucun temps, le saint nom de la Providence ne fut plus souvent proclamé. Toutes les lèvres le murmurent, tous les cœurs se sentent émus; et peut-être ne sommes-nous pas éloignés de comprendre que *la véritable République n'est pas autre chose que la cité de Dieu réalisée sur la terre.*

Chrétienne et bienheureuse cité!...

Où l'on parlera moins de *droits*, mais où l'on fera mieux son *devoir;*

Où l'on parlera moins de *liberté*, mais où l'on saura mieux s'affranchir de ses passions, les pires des tyrans;

Où l'on parlera moins de *fraternité*, mais où l'on sentira plus vivement le malaise de ses concitoyens, et où l'on trouvera un grand bonheur à se secourir les uns les autres;

On l'on parlera moins d'*égalité*, mais où l'on se respectera davantage, et où l'on ne s'abordera plus avec la crainte farouche de se voir primé ou méconnu;

Où l'on parlera moins de *moralité*, mais où l'on sera plus honnête en ses contrats et plus chaste dans ses mœurs;

Où l'on parlera moins de *civilisation*, mais

où l'on sera plus poli, plus humain, plus sympathique, plus digne en sa conduite, plus franc en ses allures;

Où l'on parlera des autres avec moins d'affectation, mais où l'on pensera de soi-même avec moins de vanité;

Où l'on parlera moins de probité politique, mais où l'on se préoccupera davantage de la patrie et *où tout le monde ne voudra pas être ministre, préfet, ambassadeur, général, officier ou marchand de tabac,* etc.;

Où l'on parlera moins du peuple, mais où l'on pensera plus à lui, à ses souffrances, à ses misères.

Temps heureux et qui tarde tant à venir, où surtout on ne lui mettra pas un fusil à la main, sous prétexte de lui faire conquérir son droit et son pain, mais en réalité pour lui faire élever, avec quelques pavés, un piédestal à cette détestable race de prétendus *apôtres de la démocratie,* qu'on voit principalement le lendedemain des révolutions, pour aller se couronner eux-mêmes au Capitole, et surtout s'assurer bonne et solide rente au budget!... Cruelle et infernale partie, où l'enjeu n'est le plus sou-

vent que la misérable vanité, que l'insolent orgueil de quelques ambitieux, mais qui ne se
joue qu'avec des flots du sang du peuple, ce
patient des âges, que tous les intrigants, que
tous les pervers, que tous les aventuriers ont
sans cesse tourmenté du démon de la révolte,
ont traîné sur la claie des batailles, pour le
laisser retomber ensuite dans une plus hideuse
misère !...

Peuple, telles sont les grandes lignes de la
cité républicaine, de cette cité, où le bonheur
de chacun serait la pensée de tous, mais où
*chacun respecterait, aimerait la famille, la pro-
priété, le mérite d'autrui.*

Cette cité où l'homme, plaçant son bonheur
dans le travail et la vertu, saura maîtriser ses
mauvaises passions, borner ses désirs et vivre
dans la vivifiante et douce pensée que Dieu
se plaît toujours à nous rendre, en mille bien-
faits, les saintes et confiantes aspirations que
nous lui adressons; c'est la cité de l'homme
vraiment civilisé, c'est la cité du véritable républicain.

Dieu t'en a ouvert les portes au 24 février :
c'est à toi de t'y établir, ô peuple, de t'y faire

des jours tranquilles et prospères par la paix, la concorde et le travail; c'est à toi de t'y défendre par une vigilante veille d'armes, car beaucoup d'ennemis viendront t'y attaquer. Je veux te signaler le plus perfide, le plus redoutable de tous, celui dont les coups sont d'autant plus sûrs, que tu me sembles ne pas même te douter de son existence.

X.

Le démon de la concupiscence politique est l'ennemi de toute cité républicaine.

Mais, vas-tu d'abord t'écrier, ô peuple, où est-il donc ce redoutable démon ? à quoi le reconnaitre ? est-ce qu'il y a encore des démons ?... Tu rêves, Archiloque, où plutôt tu es insensé.

Certainement, ô peuple, depuis que l'on encense ta souveraineté, et que la misère te couvre de ses haillons;

Depuis que l'on te parle tant de l'*organisation du travail*, et que tu n'as presque plus rien à faire;

Depuis qu'ils s'occupent tant de te sauver, et qu'ils s'efforcent, chaque jour, de te noyer au plus profond des eaux ;

Depuis que l'on invente système sur système, pour te moraliser, et que tes magnifiques apôtres te donnent tour à tour l'exemple de toutes les folies, quand ils ne te donnent pas celui de tous les vices ;

Depuis qu'ils veulent tous te mener à la fortune, pour te procurer, non la poule au pot, mais le veau gras, et que la faim menace de te déchausser les dents ;

Depuis qu'ils te parlent tous de banques populaires, et qu'ils te vendent l'écu, au taux de la petite semaine ;

Depuis qu'ils te prêchent l'amour et la fraternité, et qu'ils t'infiltrent la colère et la haine, par tous les pores, jusqu'à te faire voir un *brigand*, dans le *riche* qui n'a pas toujours le sou ; un *ennemi* dans le *bourgeois* qui, hier encore, avec toi, traînait la brouette, battait le fer et creusait le pénible sillon de la vie ; et, dans les fameux jours de grève, un *mouton*, un *traître*, dans ton camarade qui demande à gagner un morceau de pain, pour ses enfants qui meurent de faim ;

Depuis surtout qu'ils ont détrôné le grand Dieu du monde, notre père à tous, qui, alors même que nous le blasphémons davantage, nous réchauffe de son soleil, nous fait germer l'abondance, dans le sein de sa terre féconde; qui nous sauve enfin, alors que tout semble crouler et s'abîmer autour de nous;

Depuis qu'ils l'ont déclaré *tyran des peuples*, *l'auteur du mal*, et qu'ils l'ont mis hors la loi de leur cité nouvelle;

Depuis que tu ne t'occupes plus, ô peuple, que des grands desseins du *phalanstère*, du *communisme*, du *socialisme*, de l'*exploitation de l'homme par l'homme*, de la *solidarité* humaine, du *droit au travail*, et de mille autres merveilles de même espèce, vieilles comme le monde, mais que les *apôtres* se font très-humblement la gloire d'avoir trouvées les premiers;

Depuis enfin, ô peuple, que, à force d'agiter tes esprits et d'embarrasser tes idées dans l'inextricable trame de leurs mille folies, les ambitieux apôtres t'ont arraché *à la grande voie du progrès, dans laquelle les nations ne peuvent atteindre le bien et le repos qu'en marchant, à pas réguliers, et sous le regard de Dieu.*

Certainement, ô peuple, je conçois que venir te parler du démon de la concupiscence politique, te paraisse petit, vieux, mesquin, ridicule ; je comprends que tu cries au rêve creux, à la folie.

Cependant, même au risque de te paraître insensé, Archiloque persiste à te dire que tu n'as pas de plus perfide, de plus formidable, de plus pervers, de plus sanguinaire ennemi, que ce démon.

Archiloque te jure que ce démon, si tu n'y prends garde, dévorera ta République, comme il a miné, comme il a démoli tous les gouvernments du monde. Il vaut donc la peine de le connaître pour le combattre et t'en garer. Voici ses traits principaux :

XI.

Physionomie du démon de la concupiscence politique.

Ce démon n'a ni les traits d'Apollon, ni les formes musculaires d'Hercule, ni la sympathique physionomie de la femme, ni la figure franche et ouverte de l'homme ; il n'a pas non plus ni la hideur du diable, ni la figure du singe, ni l'air grossier du satyre, ni le regard hébété de l'athlète. Il n'est ni beau ni laid; il tient pourtant de la femme et de l'homme, du singe et du tigre, de la chauve-souris et du chacal; il parle, avec un grand art, la langue de l'homme; il sait s'impressionner, comme la femme; il ricane, comme le singe; il est cruel, comme le tigre, froid et sournois, comme la chauve-souris, sanguinaire, comme le chacal.

Né le jour où Caïn tua son frère, il a parcouru tout l'univers, où il a partout laissé les sanglantes traces de son passage; il a vécu, au milieu de toutes les sociétés, dont il a subi toutes les formes, pour toutes les trahir. Il s'est fait d'abord soldat et conquérant, plus tard tyran dissolu et cruel, sycophante à Athènes, tour à tour démagogue et délateur à Rome, moine au moyen âge, hypocrite et flatteur dans les temps modernes.

Depuis que le pouvoir passe tour à tour des rois aux peuples, il se fait tour à tour l'humble, le souple, le sympathique, l'ardent adulateur des peuples et des rois.

Subtil comme un sophisme, tranchant et fin comme une lame de rasoir, flexible comme un serpent, agile comme un chat, séduisant comme une sirène, il a une parole pour toutes les situations, un système pour tous les temps, un dogme pour toutes les consciences, un amour pour tous les pouvoirs, un sourire pour toutes les erreurs, une explication pour toutes les folies, un soupir pour toutes les douleurs.

Il change de nom, au caprice des événements et des situations; depuis deux siècles, il s'est appelé tour à tour dogmatiste, philosophe, sceptique, sans-culotte, impérialiste, royaliste, congréganiste, opposition, conservateur. La révolution de février est venue l'embarrasser beaucoup : un instant, il n'a su quelle couleur arborer; il avait peur. Mais bientôt, retrouvant toute sa souplesse, tu l'as vu se faire tour à tour républicain rouge, républicain modéré, socialiste, communiste, et déjà le voilà s'essayant au bonapartisme. Tant que les destinées de la République pouvaient se jouer dans la rue et sous le feu de la guerre, l'adroit démon s'est tenu à l'écart, soufflant la discorde dans l'ombre, se gardant bien de se montrer.

Mais depuis que le génie de la République a triomphé de la plus lamentable épreuve qu'elle

ait jamais eu à traverser, et que la sagesse et
l'épée d'un homme *non moins grand citoyen
qu'illustre général* ont rassuré la France et ouvert l'avenir aux calmes destins de notre patrie, le voilà qui s'agite, incandescent de patriotisme, défenseur inexorable de la liberté,
décrétant, d'incapacité, tous ceux qui ont pré-
servé la République de tout excès et ont sauvé
la société d'une ruine imminente, et procla-
mant, avec un ton d'inspiré, que *le nom de
Napoléon peut seul fermer l'abîme et ramener
l'âge d'or.*

Eh bien! peuple, toi qui t'en vas tranquillement devant toi, faisant ton chemin, sans même
soupçonner le manége et l'intrigue, croyant à
la liberté, au patriotisme, à la probité de tous
ceux qui te parlent *fraternité*, à l'honneur de
quiconque sait te parler de *gloire*, eh bien!
reconnais-tu le démon qui doit toujours em-
pétrer la trame quand tu crois l'avoir dé-
liée, emblayer le chemin, quand tu crois l'avoir
débarrassé?... Le reconnais-tu cet esprit du
maléfice, qui, alors que tout, dans ta patrie,
pourrait reprendre son cours régulier et marcher à la gloire, comme à la prospérité de la

République, vient te jeter la défiance, l'incertitude, le désespoir et toutes les frayeurs d'un sombre avenir?.... Le reconnais-tu cet infernal génie de l'intrigue, qui ose aujourd'hui venir suspendre le bonheur de la France, au nom d'un empereur, mort il y a plus de vingt-cinq ans?

Ah! peuple, si quelqu'un, au 25 février ou au 25 juin, eût osé te tenir un pareil langage, tu l'eusses, à l'instant même, marqué de la honte et anéanti de ton dédain. Cependant, depuis lors, que s'est-il passé pour qu'on ose ainsi attenter à ton bon sens, à ton instinct républicain, et te proposer de rétrograder à l'empire qui a vécu et dont tu ne pourrais revoir la ridicule parodie sans traverser des flots de sang?..... Les descendants du grand empereur ont-ils retrouvé le chemin des Pyramides, d'Arcole et de Marengo?.... Peuple, on te trompe, on t'abuse; une grande intrigue s'ourdit : Archiloque essayera tout à l'heure de te la dénouer; mais auparavant reconnais et retiens bien les traits de ce démon, auquel tu refusais de croire. Voici maintenant ses vrais noms et le dernier trait de sa physionomie.

Ce démon s'appelle aujourd'hui *vanité*, *ambition*, *égoïsme*, *individualisme* ; sa pensée, son dogme, sa foi, c'est *la satisfaction de la personnalité* ; la patrie, pour lui, n'a de sens qu'autant qu'elle le couronne. Sa politique, son système, son patriotisme, *c'est une place*. Ne l'oublie pas ce dernier mot ; c'est le mot cabalistique de tous les intrigants de tous les lieux et de tous les temps ; ce mot t'expliquera la colère et l'amère censure des uns, le dramatique désespoir des autres et la politique d'un grand nombre ; et sois parfaitement sûr que, *si la République avait cent mille places de plus à donner, on la trouverait la plus belle fille du monde et un gouvernement sans pareil.* A présent que le masque est connu, peuple c'est à toi de te défendre.

XII.

Par quoi et comment la République se défendra du démon de la concupiscence politique.

Peuple, en te confiant la garde de la cité républicaine, Dieu t'a armé d'une arme qui ne se brise point : c'est le *suffrage universel*; à cette arme rien ne saurait résister, ni passions, ni intrigues, ni mensonges, rien ne pourra l'émousser ; comme la tête de Méduse, cette arme a le privilége de pétrifier tous les coupables qui tenteraient d'attaquer ta cité.

Garde-la donc bien, cette arme enchantée ; Dieu l'a trempée, dans le droit de ta propre nature ; s'il ne te l'a pas confiée plus tôt, c'est qu'il faut avoir âge d'homme pour savoir s'en servir. C'est à toi de prouver que tu étais capable de la manier.

Si, dans la grande élection que tu vas faire, tu t'en servais d'une manière malheureuse, songes-y bien, tu r'ouvrirais ta patrie à toutes les tentatives de la monarchie, et tu te rejetterais ainsi dans toutes les vicissitudes de la révolution.

Le calme, la patience, la constance et la fermeté sont les vertus des forts ; l'impatience et l'indiscipline, l'inconstance et la versatilité ne conviennent qu'aux faibles. C'est à toi de montrer à la France si tu étais digne de veiller toi-même à tes propres destins.

Tu vas élire le chef de ton gouvernement ;

c'est à toi de prouver à l'Europe que tu étais mûr pour la liberté.

Enlève aux partis monarchiques jusqu'à l'espérance de rétablir la royauté, sous quelque forme que ce fût, et fais comprendre aux prétendants, de quelque lignée qu'ils te viennent, que tout doit désormais fléchir et se courber *sous le niveau de l'égalité politique;* marque enfin l'ère républicaine, du sceau de la démocratie, *en appelant au premier rang un nom plébéien.* Peuple, voilà ta mission ; voilà le moyen de prouver à l'Europe que *la royauté a vécu en France,* et que *le temps de la démocratie est venu.*

La Providence va te donner un jour, pour étouffer à jamais l'intrigue et la discorde, pour fonder la paix, pour proclamer, à la face du monde, qu'en France, désormais, le grand intérêt de la patrie et le bien-être du peuple sont devenus la grande pensée de la nation et le but des efforts de l'avenir; qu'enfin il n'y a plus ni le *parti du roi,* ni le *parti de la ligue,* mais uniquement le *grand parti de la République.*

Tu tiens encore l'avenir, en tes mains, ô peuple, et cet avenir est suspendu à deux sortes de noms. Selon que tu prendrais un nom plébéien ou un nom de prince, tu ouvrirais des destinées contraires :

Avec le nom plébéien, tu fonderas sans retour l'égalité politique de tous les Français, le repos, la prospérité et la grandeur de l'avenir;

Avec un nom de prince, tu réveillerais toutes les espérances de la monarchie, tu sèmerais le malaise et la tempête, tu mentirais à la République, tu mentirais à ton droit et au grand intérêt de la patrie; *tu décréterais la révolution* en permanence.

La patrie attend ton choix; la postérité lève déjà sur toi ses regards, et l'Europe te considère, inquiète et troublée. Si la France élit un véritable président de la République, la liberté, désormais rassurée, n'aura plus qu'à parcourir l'Europe, pour l'affranchir.

Mais si c'est un prétendant qu'elle choisit, c'est la révolution qui recule et l'éternelle guerre qui recommence, entre les peuples et les familles royales.

Tu tiens donc encore une fois en tes mains, ô peuple, la paix ou la guerre, le calme ou la tempête, le bonheur ou la misère de l'avenir.

A vous tous, ô hommes du peuple, de voir si vous voulez fermer ou rouvrir, pour vos enfants, l'ère de la révolution et de la misère. Quelle que soit votre foi, quel que soit le nom inscrit sur votre drapeau, que ce soit République ardente ou modérée, association ou socialisme absolu, si vous aimez la République, vous ne pouvez, vous ne devez élire qu'un nom plébéien ; et choisir un prince serait pour vous acté d'esclave. Saurez-vous, une seule fois, faire taire vos mesquines rancunes et vos querelles de mots, pour réunir tous vos efforts sur un seul nom et sauver la République ?...

XIII.

La question se pose.

Nous voici maintenant arrivés au point ; et si réellement, ô peuple, tu veux la République, il ne devrait pas t'être bien difficile de voir que, pour couper court à toute méprise, à toute perfidie et prévenir tout mécompte, *il te faut un président bien et notoirement sorti du peuple, un président sans blason, ni noble lignée, afin que la modestie de son origine lui rappelle, sans cesse, que, né simple citoyen, simple citoyen il doit revenir,* quand une fois il aura exercé la haute magistrature que tu vas lui confier.

Il te faut un président à la manière de Cincinnatus et Washington, qui puisse comprendre que la plus grande gloire qu'il puisse être donné à un homme d'atteindre sur la terre, c'est de redescendre au rang de simple citoyen, en emportant l'estime publique après avoir été le premier de son pays.

Il ne peut pas t'être difficile de comprendre que la seule manière de poser ta souveraineté aux yeux de toute l'Europe et pour le bonheur de la France, c'est de *déférer, pour la première fois surtout, la présidence de la République à un homme qui ne puisse paraître la tenir que de ta volonté souveraine.*

Si, pour la plus grande pacification de ta patrie, que les princes et les rois ont tant et si cruellement exploitée, agitée, bouleversée, tu es réellement jaloux de courber devant ta force tous ces orgueils, toutes ces prétentions de famille, *tu ne nommeras qu'un président sorti du peuple.*

Si tu désires véritablement marquer ton nouveau gouvernement du coin populaire de la démocratie, et assouplir tous les esprits à l'idée que la monarchie a vécu et que les temps de la République sont venus, *tu n'élèveras, ô peuple, qu'un homme sorti du peuple.*

Ainsi le veut le principe républicain, ainsi l'exige ton repos, ainsi le proclame la sainte loi de l'égalité et de la fraternité.

Car, ne t'y trompe pas, et *tous tes vieux instincts de servitude, et toutes les ridicules espérances, dont on berce ta superstition pour les rois et les empereurs, ne pourront jamais aveugler ta raison, ton bon sens, ta conscience jusqu'à te faire croire qu'un prince, que tu ferais président, ne voudrait pas se faire roi ou empereur.*

Comment pourrais-tu être assez aveugle, assez insensé, pour espérer que ces princes abdiqueront réellement, à ton profit, eux, que tu as eu à combattre pendant mille ans, eux qui t'ont disputé, t'ont nié ton droit pendant mille ans, et qui n'ont jamais renoncé, pour quelque temps, à leur souverain pouvoir, que lorsque tu les as détrônés, en versant des flots de sang?...

Non, mille fois non, tu ne peux être insensé à ce point!... Non, tu ne pourrais t'y tromper... Voici l'éternelle vérité, telle que l'a faite la nature des hommes : *Le prince qui naquit sur les marches du trône, dont l'enfance fut bercée par de royales mains, dont l'âme fut caressée par toutes les félicités de la royauté, dont la jeunesse fut nourrie de toutes les séductions du trône, dont le cœur fut pétri avec la pénétrante idée de régner, ne pourra jamais renoncer au brûlant désir de ressaisir la couronne.*

Ce prince, quoi que l'on te dise, et quelque bien emmiellés que soient les mensonges par lesquels on cherche à t'éblouir, ce prince, dis-je, n'oubliera jamais qu'il naquit pour régner.

Donc, ô peuple, celui qui prince naquit, ne serait jamais président que de nom, jamais de cœur. Le pouvoir que tu lui donnerais, il le tournerait contre la République, contre ton propre droit, contre ton repos.

XIV.

L'histoire de Napoléon prouve que la tête tourne toujours aux prétendants.

Rappelle-toi donc le grand empereur ; certes la vie de ce grand génie te montre la vérité aussi éclatante que le soleil. Général et consul, il se couvrit lui-même de gloire, il sauva la France du désordre, de l'anarchie, de la ruine ; s'il fût resté consul, il eût assuré, à notre patrie, le repos, la grandeur, la prospérité, à son propre nom la plus belle immortalité.

Mais arrivé au faîte du pouvoir, que fit-il ?... Il oublia ces héroïques légions de soldats républicains qui, pieds nus et amaigris par la faim, lui avaient conquis, de leur sang, la gloire de son nom, sur vingt champs de bataille ; il oublia ce magnanime peuple français qui lui avait donné jusqu'au plus jeune de ses enfants, pour sauver la République ; il oublia que lui-même il avait juré haine aux rois et fidélité à la République.

Il ne se souvint, grand Dieu, que d'une

chose, c'est qu'un de ses ancêtres, l'une des plus humbles illustrations de la Corse, avait été noble et inscrit sur ce que l'on appelait alors le livre d'or de la noblesse. Et cet homme, que Dieu et la France avaient fait grand comme le monde, cet homme qui tint un instant en ses mains la grande destinée de l'avenir, cet homme qui pouvait finir à jamais tes misères et fermer la voie des révolutions, cet homme ne s'occupa que d'une chose, ce fut de grandir encore, mais grandir à la manière des rois, à la manière des ambitieux, à la manière de tous ceux qui savent tout oublier pour ne penser qu'à eux seuls; il voulut être roi, il se fit empereur...

Tu sais le reste, ô peuple: ce même homme qui, s'il fût resté consul, eût été le plus grand et le meilleur homme de toute l'histoire, brisa cette République, dont il avait dit qu'*elle était comme le soleil, et qu'insensés étaient tous ceux qui ne la voyaient pas.* Il la brisa, lui, le grand génie de cette époque, lui, le consul, à qui tous les rois du temps rendaient hommage et faisaient la *cour,* il la brisa, et pourquoi, pour *un manteau de pourpre.* Ce manteau, qui devait l'étreindre et le brûler lui-même comme la robe de Déjanire, ce manteau, le jour où il le posa sur ses vaillantes épaules, laissa tomber, de ses vastes plis, tous les maux qui devaient revenir ravager et ruiner ta patrie.

Peuple, toi qui te passionnes si facilement pour les grandes choses, pourrais-tu aussi avoir oublié que la France, ta patrie, que cette France si magnanime, qui l'avait couronné de toutes ses faveurs, vit tomber un million de ses enfants, sur les champs de bataille de toute l'Europe, uniquement pour servir la vaine ambition de l'empereur ?

Peux-tu avoir oublié que ta patrie apprit, un jour, qu'un autre million de ses enfants étaient morts de faim et de froid, dans les neiges de Russie, parce qu'il avait plu à l'empereur de vouloir signer un traité de paix à Moskou, et cela, au lieu de prendre un simple quartier d'hiver, sur les rives de la Vistule ?

Certes, ô peuple, quelque aveugle que tu puisses jamais devenir, tu ne pourras jamais oublier que, pendant cet hiver de lamentable mémoire, l'empereur pouvait ressusciter la glorieuse Pologne et relever le boulevard de la liberté et de la civilisation, en face des barbares.

Cette pensée était simple, grande, divine; mais c'était une pensée de républicain, et Bonaparte n'était plus qu'empereur..... Napoléon ne l'entrevit même pas, parce que le cœur des rois finit toujours par ne plus sentir l'âme des peuples. La Pologne resta dans son sépulcre, et l'empereur courut à Moscou, pour voir la vieille capitale du Nord périr dans un effroyable incendie, et ses soldats joncher, de leurs cadavres glacés les plaines de la Russie...

Dieu, qui jusqu'alors l'avait laissé toujours monter, pour qu'il pût apercevoir toute l'étendue du mal qui tourmentait l'Europe, et qu'il appliquât sa main puissante à le guérir, Dieu lui-même se retira; et, l'abandonnant désormais à ses seuls destins d'empereur, il le laissa s'affaisser tristement de jour en jour, jusqu'à ce que cette même France, qui lui avait tout sacrifié, donnât au monde le plus effroyable exemple du mal, où mène toujours l'ambition des grands, à savoir d'*applaudir l'étranger, quand il vint mettre fin à l'empire.*

Peuple, l'histoire de Napoléon est une de celles qu'il faut toujours respecter, car la gloire

6

du premier consul est pure et grande, comme la France ; mais cette histoire est aussi la plus terrible leçon que tu puisses méditer : quand tu la comprendras, elle te prouvera que, pour la France moderne, il ne peut y avoir alliance entre le bonheur du peuple et l'ambition et la vanité des rois ou des empereurs.

Veux-tu donc en finir avec toutes tes imaginations insensées et couper court à la discorde ainsi qu'aux espérances ennemies ? Nomme un président qui ne soit ni prince, ni marquis ; afin qu'il sache bien que simple citoyen tu le prends, simple citoyen il doit redevenir. *Vainement tu te ferais illusion sur les princes. Pour qu'ils pussent, sans arrière-pensée, servir la République avant qu'elle soit parfaitement affermie, il faudrait transformer, transfigurer la nature humaine, et Dieu seul a ce secret.*

Ton bon sens, ton repos, ta vie, ton avenir, la loi de l'humaine nature te crient encore, ô peuple, en ce moment suprême auquel Dieu t'a convié, que celui qui fut prince ne cessera jamais d'aspirer à se faire roi. A toi de décider si tu dois élever au sommet de la République *quelqu'un qui ne pourrait que s'y* trouver malheureux et esclave, comme président — ou y devenir traître, en se faisant roi.

XV.

La République lèvera, un jour, la barrière pour tous ces prétendants. Ministère des princes !...

Si la République avait vécu quelques années, si elle avait pénétré tous les cœurs de sa forte et généreuse foi ; si elle avait profondément fondé le saint principe de l'égalité et de la fraternité ; si surtout elle avait élevé tous les cœurs à cette sublime idée chrétienne, qui seule peut donner, à tous les hommes, un véritable cœur de frères, et révéler aux plus grands qu'ils doivent se faire les serviteurs des plus petits, aux plus forts qu'ils doivent être les amis des plus faibles, à tous que la patrie est la grande famille, à la prospérité et au repos de laquelle nous devons tous travailler, tu pourrais alors, ô peuple, sans aucun doute et sans aucune crainte, abaisser la barrière et convier tous les enfants de la France, rois et empereurs, princes et ducs, à rentrer au foyer de la patrie.

Tu pourrais dire impunément à celui qui fut roi, prince ou grand seigneur : *Sois ministre, sois président, et gouverne la République pour le bonheur de tes concitoyens!...*

Ce serait là l'âge d'or de la politique, l'âge d'or de l'universelle concorde, l'âge d'or de la France!... Cet heureux temps, ô peuple, il ne tient qu'à toi d'en hâter l'avénement.

Tu le peux, à coup sûr, en posant par ton premier choix, aux yeux de tous les partis, ton immuable volonté de maintenir la République que Dieu t'a donnée, et en élevant au premier rang un homme qui, encore une fois, ne puisse se souvenir, pendant sa présidence, que de ta magnanime faveur et de ton invariable souveraineté.

Voilà l'unique et véritable chemin, qui puisse te mener à cette grande et magnifique époque de fraternelle concorde et d'universelle fraternité!.....

Alors, ô peuple, tu pourrais donner au monde un spectacle unique, qui serait l'ineffable triomphe de la raison et de la sagesse humaines; tu pourrais convier toutes les grandeurs déchues, tous les prétendants de tes races royales, à

former, tous ensemble, uu gouvernement, en leur disant : « Les grandes destinées de la pa-
» trie sont désormais fixées sur leur principe
» inébranlable ; malheur à qui oserait y porter
» la moindre atteinte ! la France sera toujours
» assez forte, assez unanime pour broyer l'in-
» sensé qui oserait toucher à son principe.
» Venez donc tous, oubliez vos ambitions et
» vos haines de famille ; réunissez-vous, jurez-
» vous paix et amitié sur l'autel de la France ;
» et si vous avez un noble cœur, du talent, des
» idées, mettez-les au service de la patrie. Le
» peuple est grand et confiant ; il vous jugera,
» il sera heureux de vous rendre justice. La
» France sera heureuse en voyant que tous
» ses enfants ont compris ses grandes destinées
» et la sainteté de son principe.»

Peuple, voilà la vérité, voilà la grande, la magnifique route de l'avenir !... Tu peux y en-traîner tous les enfants de la France, à quel-que lignée qu'ils appartiennent et quel que soit leur nom, mais à une seule condition : c'est que tu sauras imposer à tous une grande trêve, pendant laquelle toutes les ambitions auront le temps de s'oublier elles-mêmes,

6.

toutes les mauvaises passions de s'éteindre.

Si tu veux réellement devenir le peuple grand entre tous, le peuple-roi, pour le bonheur de l'Europe, il ne tient qu'à toi : voilà le chemin, au bout duquel tu rencontreras la paix, le repos et les grands jours jusqu'ici vainement attendus ; toute autre te conduirait à la ruine.

Archiloque, ô peuple, pourrait ici te dire adieu et te souhaiter bonheur et bon sens; mais, comme il a le sentiment profond de toutes les tentations qui vont t'assaillir, il ne peut te quitter sans te dire un mot de quelques noms, qu'il respecte sincèrement, mais qui doivent être discutés, au moment où ils s'offrent à tes suffrages.

XVI.

S'il était prince, il voudrait être roi ou se faire empereur.

LOUIS BONAPARTE.

Puisque, sous la République, les princes ne veulent pas renoncer à leurs prérogatives, Archiloque sera fidèle à la vieille devise : *A tout sei-*

gneur, *tout honneur!* et des princes d'abord il te parlera.

D'abord il en est un, celui que nul n'aurait jamais soupçonné parmi les prétendants à la présidence, si notre temps n'était point destiné à épuiser les folies de la vanité. A celui-là donc le premier tour.

Son nom, d'abord murmuré tout bas à l'oreille de la France, vient de se révéler tout à coup au grand jour, comme le mot magique qui va dénouer la situation, ramener l'âge d'or, faire couler les flots argentés du Pactole, par toute la France, affranchir tout Français de l'impôt, changer tous les haillons de la misère en drap d'or ou en soie, rétablir l'harmonie, raviver partout le luxe, la richesse et la joie, surtout *faire beaucoup de ministres,* voire même des *chambellans,* enfin nous rendre toutes les splendeurs de l'empire. Déjà de nombreux messagers courent porter l'heureuse nouvelle par toute la France; le vieux génie de l'empire se réveille partout, dit-on; partout les rosières lissent leurs mains, avivent leurs pudiques couleurs, les vieilles douairières remanient leurs pelisses d'hermine et renouvellent

leur fard, pour la fête du joyeux avénement,
Le plus *chaste*, le plus *honnête*, le plus *logique*,
la fine fleur des journaux, *la Presse* enfin, fait
antichambre, soir et matin, à la porte du prince,
pour lui offrir le madrigal de ses amours rus-
ses, congréganistes, orléanistes, physionoty-
piques, sans compter un magnifique nécessaire
fondu à la Saint-Bérain et un paracrotte nouveau modèle, pour préserver l'éloquent gosier
du prince de la meurtrière humidité de Paris.

Et toi, ô peuple, toi si sujet aux subits éba-
hissements, tu t'es déjà, dit-on, épris d'une
belle passion pour le jeune Cincinnatus. Ton
cœur, toujours naïf et facile à l'espérance, se
gonfle d'amour, d'admiration et d'enthou-
siasme. Mais voyons et réfléchissons ; et, puisqu'il n'est rien de plus amer que la déception,
ne nous risquons ni trop vite ni trop niaise-
ment, et reprenons notre sérieux.

Le beau prince, dit-on, porte le nom de
Louis-Napoléon Bonaparte. Ce dernier nom
fut, il y a bientôt quarante ans, le plus grand
de toute l'Europe, et l'histoire redira toujours
avec respect le nom du premier consul de la
grande République française. Mais l'homme

qui, le premier, illustra ce nom, mourut, après avoir épuisé toutes les splendeurs du génie, de la gloire et de la puissance.

La nature qui, par la mystérieuse loi de l'humanité, va toujours mêlant toutes choses et tour à tour transmettant aux pygmées la force d'Hercule, ou rabaissant les Hercules à la taille des pygmées, a fait passer ce nom à plusieurs de tes concitoyens; l'un d'eux s'en est cru jusqu'ici l'héritier, par privilége.

Pour quiconque pense et comprend, cette prétention n'est et ne peut être qu'une usurpation, dont les autres membres de la même famille ont le droit et le devoir de se plaindre. Si jusqu'ici ils ne l'ont pas fait, ce n'est probablement, chez eux, que l'indice d'une plus haute intelligence, d'un esprit qui comprend mieux notre siècle et les leçons du temps. C'est, en tous cas, l'acte d'un noble désintéressement, digne de bons citoyens, digne aussi du grand nom qu'ils portent.

La France n'a pas à s'enquérir de ce débat de famille; mais puisque le citoyen Louis-Napoléon Bonaparte se présente à ses suffrages, pour le premier rang dans l'État, la France devra lui demander des titres. A la demande de la France, que peut répondre le fils de l'ancien roi de Hollande?... Ici, ô peuple, écoute bien, et pèse bien les réponses du prétendant ; il ne peut en faire que deux.

Voici la première : *Je suis le neveu de l'empereur, le fils du roi de Hollande ; mon oncle me fit son héritier ; c'est au nom de l'hérédité que je viens demander le premier rang. Je ne crois donc pas à la République, que j'aurai certainement le soin de supprimer, le jour où je pourrai rendre toute la force à mon droit d'héritier du grand homme.* Sur ce premier point, ô peuple, ne t'abuse pas, voilà la vraie signification de la réponse du candidat. Si tu étais assez insensé pour rouvrir la porte aux héritiers princiers, brise d'abord toi-même ta République, rejette ta propre souveraineté, comme une sacrilége usurpation, ou prépare-toi à de nouvelles et d'épouvantables angoisses ; car la révolution va recommencer, avec toutes les transformations de *président*, de *consul,* de *consul à vie,* d'*empereur,* à moins que, d'un bond plus hardi, on ne se porte au but suprême dès les premiers pas dans l'usurpation.

Et puisque tu te plais à l'étrange, à l'imprévu et au bruit, compte déjà dans ta pensée les combats, les assauts qu'il te faudra livrer, les misères qui te viendront en surcroît, les déchirements qui peuvent achever ta malheureuse patrie; compte les luttes des partis implacables, les intrigues qui vont s'ourdir pour les autres prétendants; compte et passe bien en revue, par la pensée, l'armée de toutes les vieilles ambitions de l'empire, et surtout de ces faméliques intrigants de récente façon qui créent des systèmes, bâtissent des gouvernements, lèvent des prétendants, feraient des empereurs, inventeraient des sultans, exalteraient de pudiques odalisques *pour attraper un portefeuille de ministre*, ou une place de chambellan, de page, d'écuyer, de valet. Compte, pèse, médite, digère bien tout cela, et puis, ô peuple, *prononce le nom de République, prononce le saint nom de patrie, si tu l'oses, sans rougir.*

Mais voyons la seconde réponse; elle pourra peut-être mettre ta conscience en repos; la voici; elle est courte et digne d'un grand homme; ni Alexandre, ni César, ni surtout

l'oncle illustre du prétendant n'auraient pu
t'en faire de plus brève ; la voici donc :

*Citoyen comme un autre, je me présente au
nom de mon passé et de mes services rendus.*

Ici, ô peuple, Archiloque ne voudrait pas trop
épiloguer sur tous les mots, et à propos de *citoyen français* il ne rappellera pas au prince
qu'il y a eu une époque, où il se défendait lui-
même de ce titre, et protestait devant l'Europe qu'il n'était que citoyen suisse de Thur-
govie. Il est vrai qu'alors il avait à se garer de
la proscription d'un certain ministre, avec qui il
dîne aujourd'hui, dans un homérique tête à tête,
et auquel, dit-on, il promet la place à vie de
premier ministre. Archiloque désire sincèrement que ce bruit ne soit qu'un mensonge ;
honorant sincèrement jusqu'ici le remarquable
talent et le caractère de cet ancien ministre, il
souhaite ardemment pouvoir toujours admirer
son patriotisme. Archiloque sent tout ce que
cette brillante intelligence peut faire de
grandes choses pour la France ; mais si, se laissant égarer par une fatale ambition, cet
homme qui n'a besoin de personne, pour
briller toujours parmi les premiers, avait le

malheur de s'abaisser à flatter un revenant, à caresser une ombre, en vue d'un intérêt personnel, l'histoire n'aurait ni assez de blâme ni assez de dédain pour flageller sa mémoire, si même elle daignait la conserver.

Si, quand la France, à peine échappée au volcan, a tant besoin d'exemples de noble dignité et de patriotique désintéressement, les intelligences de cette trempe, s'abaissant à la plus mesquine ambition, cherchaient leur étoile, dans la constellation de Napoléon, il faudrait désespérer de nos mœurs politiques, et *les peuples de l'Europe devraient rire de nous, si toutefois ils pouvaient ne pas être profondément attristés de tant d'abaissement.* Mais espérons, ô peuple, que les hommes politiques comprendront mieux tes destinées. S'ils tiennent leur cœur ferme et leur âme haute, la République portera dignement son drapeau et ramènera la sérénité des heureux jours; mais, si, les premiers, ils livraient leur cœur aux misérables calculs de l'égoïsme et aux mesquines terreurs de la vanité, la République serait perdue, la France rejetée dans

7

les secousses, et toi, ô peuple, dans les angoisses de la misère.

XVII.

Encore le prince Louis.

Ne perdons pas espoir, ô peuple, et revenons à la seconde réponse de notre prétendant. Il se présente, dit-il, au nom de son passé.

Mais, ô peuple, n'entends-tu pas l'histoire indignée murmurer, à tes oreilles, les deux noms de *Strasbourg* et de *Boulogne*.... deux noms seulement, deux dates, deux tentatives insensées, et toutes les deux tentatives de Roi, tentatives d'Empereur, contre le droit des gens, contre le droit souverain de la nation....

En vérité, il y a ici, ô peuple, de quoi être humilié, pour la nature humaine. Après ces deux coups de main tentés par la folie, il ne se fût pas rencontré un homme, en France, qui eût osé excuser ces coupables agressions contre la patrie, autrement que par la démence; et c'est l'auteur de ces deux actions que l'on vient te proposer aujourd'hui, pour la présidence de la République !......

Peuple, il n'y a ici qu'une seule réflexion à faire : si ce jeune homme, avant d'avoir prouvé à la France, par une vie politique au grand jour, par de véritables services, que l'aventurier de Strasbourg et de Boulogne n'était au fond poussé que par l'ardent, le saint désir de rentrer dans sa patrie; si, dis-je, ce jeune prince, à peine débarqué de Londres, où il ne s'est montré qu'en élégant gentleman, était nommé président de la République, il faudrait désespérer de ton bon sens et de ta dignité; il faudrait voiler la statue de l'empereur lui-même.

Lui, il avait sauvé la France, il avait gagné vingt victoires, dont une seule suffirait pour illustrer un nom d'homme; il avait porté le génie de la France en Égypte, il avait affranchi l'Italie, et ce qui fut plus grand encore, il avait vaincu l'anarchie qui menaçait d'engloutir la patrie, quand il reçut la grande couronne civique du consulat.... Et pour obtenir aujourd'hui un honneur beaucoup plus grand, que te peut répondre son neveu, ô peuple?... Rien, absolument rien que ceci :

J'ai tenté de surprendre Strasbourg, pour me faire Empereur, au milieu de la paix la plus profonde de la France On me pardonna, et quand tous les généreux compagnons de ma fortune étaient envoyés devant les assises, moi, par l'abus d'une royale clémence, je fus envoyé me promener de par le monde.

Quatre ans après, quand la France avait besoin de l'union de tous ses enfants, j'ai tenté le débarquement inexplicable de Boulogne, qui a coûté la vie à plusieurs de mes amis et à un soldat français. J'ai tenté cette entreprise, sans trouver le moindre écho, en France; mais, à Boulogne comme à Strasbourg, c'était l'Empire que je venais rétablir. »

Peuple, c'est maintenant à toi de voir si la République peut compter sur le héros de Strasbourg et de Boulogne. L'ombre elle-même du grand empereur tressaillirait de honte, si, après ces deux tentatives, tu élevais son neveu à la présidence, sans même qu'il ait eu le temps ni l'occasion de prouver à la France, qu'il croit sincèrement à la République et qu'il a oublié le testament de son oncle, comme le prétendu droit de sa dynastie.

XVIII.

Partie fabuleuse de sa candidature.

Maintenant, ô peuple, on te dit que ce neveu de l'empereur t'arrive, avec d'immenses trésors, et cherchant à abuser ta misère, qui t'est dure, on te fait croire que ces trésors vont mettre fin à tes souffrances, que tu vas ne plus payer d'impôt et que la vie va te venir facile et douce.

Peuple, le cœur de ceux qui souffrent peut quelquefois s'ouvrir aux rêves de l'espérance et aux illusions d'une imagination exaltée; mais ton bon sens ne saurait être surpris par de si humiliants stratagèmes. Les cinquante dernières années t'ont donné, sur ce point, trop de cruelles leçons; ne sont-ils pas tous venus, chacun, à son tour, et se culbutant les uns les autres, te promettre la liberté, l'aisance, la fortune? Ne te promit-on pas un jour que la conscription serait abolie.... que l'on t'affranchirait du vexatoire impôt indirect?... Et cependant en as-tu jamais payé une obole

de moins ? le gouffre du budget n'est-il pas toujours devenu de plus en plus dévorant, la contribution plus dure, la vie plus difficile, et n'envoies-tu pas toujours tes enfants à l'armée ?...
Ton bon sens d'ailleurs te dit assez que le gouvernement de tes affaires et la défense de ta patrie ont besoin, l'un d'argent et l'autre de soldats ; ta droiture, ô peuple, flétrira donc tous ces mensonges ; tu te tiendras sur tes gardes, te rappelant toujours qu'*il ne peut y avoir qu'un gouvernement à bon marché, c'est celui d'une république bien assise et bien organisée.*
Regarde à la Suisse, regarde aux États-Unis, regarde aux petites républiques d'Allemagne : l'impôt y est insensible, et la vie publique s'y rapproche infiniment de celle de la famille.
Deux chiffres d'ailleurs t'indiquent suffisamment ce que doit être l'avenir. Le roi Charles X te coûtait trente milions, le roi Louis-Philippe te coûta douze millions, le président de la République te coûtera six cent mille francs, c'est-à-dire cinquante fois moins que le premier, et vingt fois moins que le second.... le reste à l'avenant. Compte donc d'abord, ô peuple, en bon père de famille, et

puis tu calculeras prince, royauté, empire.

On va jusqu'à dire encore que ce prince te ramènera l'abondance et l'argent. Ce sont là des hardiesses, ô peuple, qui s'attaquent à ta dignité. A ce propos, rappelle-toi que le jour où l'argent devint une puissance à Rome, Jugurtha le Numide, venu pour voir la capitale de la grande République qui l'avait vaincu, en ressortit indigné de la vénalité des hommes et de la corruption du peuple, et prononça, aux portes mêmes de Rome cette fatidique parole : *Ville à vendre et peuple à acheter !*

Mais, ô peuple, honte et honte éternelle à quiconque pourrait oublier que tu es toujours la noble race des Gaulois et des Francs, la race des hommes libres !... Que les gouvernements corrompus aient recours à leurs stratagèmes misérables ; que tous les princes s'agitent ;... ils peuvent te susciter de grands malheurs, te causer de grandes souffrances, mais nul ne parviendra à porter la moindre atteinte à tes nobles instincts.

Si même le neveu de l'empereur, qui s'agite tant, ou plutôt qu'on agite tant, à la porte du suprême pouvoir, comprenait tout ce qu'il y a

de grand, de généreux, de sympathique, de
noble, de magnanime dans cette nation française, qui toujours a eu des consolations pour
toutes les infortunes, des secours pour tous les
affligés de l'Europe, d'ardentes sympathies
pour les nobles hommes, comme pour les grandes et nobles choses, certes il ne se trompe-
rait point sur le vrai chemin d'une impérissable gloire.

XIX.

Où serait la gloire du prince Louis.

Sa gloire !... il la trouverait, à coup sûr,
dans une noble abnégation. Si, au milieu de
l'ébranlement de l'Europe, quand l'avenir est
si incertain pour tout et pour toutes choses,
excepté pour la République ; si, au lieu de venir compliquer encore la situation de la France,
en avivant l'ardeur et la violence des partis, le
neveu du grand homme savait immoler ses prétentions, son ambition personnelle, sur l'autel
de la patrie, et proclamer lui-même que la
France a besoin, pour l'affermissement de son

principe et la pacification des esprits, de nommer un *plébéien* à la présidence, certes, ô peuple, ce serait là, pour lui, le grand chemin de l'avenir.

Cette seule déclaration pourrait peut-être suffire pour illustrer son nom, le signaler à ton attention, et le recommander plus tard à ta confiance ; ce serait là, du moins, le moyen sûr de dire à la France, en ce temps de vanité et d'ambition personnelle, que les neveux de Napoléon, s'ils ne peuvent remporter les victoires de Marengo et d'Austerlitz, ont au moins, au service de la patrie, les nobles vertus d'abnégation et de désintéressement, qui font les grands citoyens.

Peuple, voilà le vrai, voilà le sûr, voilà le grand de cette situation ; si elle n'était pas comprise, c'est à toi de rappeler aux princes que la République est et sera toujours capable d'illuminer leurs âmes, où la vérité a toujours tant de peine à pénétrer.

Maintenant, si l'ambition pouvait aveugler l'esprit du prétendant jusqu'à méconnaître les véritables intérêts de son propre nom, et surtout le besoin qu'a la patrie de voir sa situation se dénouer, ses destins se fixer et son avenir s'éclaircir, tous ses concitoyens auraient le droit de lui demander :

1° Quand les partis ardents peuvent être aux prises demain, est-ce l'acte d'un bon citoyen de venir ressusciter les rêves et l'ambition d'un autre parti que l'histoire et la raison ont condamné à mourir, bon gré malgré, le jour où mourut le grand empereur ?

2° Est-ce bien l'acte d'un républicain sincère et dévoué à sa patrie, que d'aspirer au premier rang, sans avoir à invoquer d'autres titres que des torts, des fautes graves, il faut bien le dire, deux attentats contre la nation française ?...

3° Est-ce bien l'acte d'un homme sensé, que d'aspirer au premier pouvoir de l'État, dans un pays où il naquit, sans doute, mais dont il ne peut comprendre encore ni les idées, ni les tendances, ni les besoins, puisqu'il n'y est rentré que d'hier ?

4° Est-ce bien l'acte d'un esprit intelligent et d'une âme élevée, que de laisser semer l'espérance, à pleines mains, parmi ce peuple, d'autant plus confiant qu'il souffre davantage et qu'il est lui-même plus généreux, quand on sait que ces espérances ne peuvent être réalisées ?

Si la Providence, qui laisse quelquefois les peuples qui s'abandonnent eux-mêmes, tomber jusqu'au ridicule, permettait au prétendant napoléonien d'arriver à ses fins, qui pourrait compter les flots d'ambitions, de pétitions, de sommations, de menaces, de malédictions, qui viendraient l'assaillir, quand il aurait vu, par lui-même, que la France n'a pas les places, les offices, les ministères, par milliers ; que surtout la France est l'ennemie irréconciliable de ce déplorable système, qui consiste à ne s'étayer, au pouvoir, que sur les faveurs et l'intérêt matériel ?...

Peuple, si le bon sens et l'intelligence manquaient entièrement aux fils de rois, c'est à toi d'être sage pour eux. Considère donc toi-même ce déluge de besoins à satisfaire ; imagine-toi cette armée de gosiers béants poussant leurs cris stridents vers le prince, qui aurait promis la pluie d'or et de places, et qui n'aurait à répandre que la faible rosée de quelques portefeuilles, de quelques positions plus ou moins exiguës...

Il est vrai que le fortuné prince vient d'avoir

l'inespéré bonheur de voir *la Presse* entonner son apothéose... Et, par un miracle inouï, le superbe publiciste, qui en 1840 le traitait de *ridicule*, d'*ingrat*, d'*odieux*, de *caricature*, est venu de lui-même et avec un désintéressement inspiré, lui offrir ses chastes et brûlantes amours, qu'il avait eu jusqu'ici *tant de peine* à accorder aux bénévoles actionnaires, aux ministres bien payants, au Russe, à l'Autrichien, jusqu'à *se faire beaucoup prier*, un jour, pour défendre le malheureux *Colza* contre l'audacieuse ambition du *Sésame*. Heureux prince, sublime journaliste!... est-ce que vous seriez faits pour vous entendre!... Nobles et fécondes amours, que ne promettez-vous pas à notre grande France!... Ombre du grand empereur, encore une fois tu as dû tressaillir, quand s'est consommée cette ineffable alliance!...

Et toi, peuple, contemple déjà venir, derrière le prince, le ban des posthumes ambitions de l'empire et traiter ton pays en province conquise...

Si tu n'as pas l'envie de payer une invasion de nouvelle façon, garde donc ta République et nomme un président plébéien.

Il faut, en vérité, que ce caractère de prétendant jette, dans l'âme, une bien grande perturbation, pour arriver à croire qu'il suffit aujourd'hui de s'appeler d'un nom plutôt que d'un autre, pour avoir le mérite, le talent, la puissance de gouverner un grand peuple... Mais est-ce que la *responsabilité* écrite, dans la constitution, pour le président, comme pour tout autre fonctionnaire, serait déjà une vérité, comme la charte de 1830 ?... Prétendants, prenez garde à vous !...

Les médiocrités peuvent se faire illusion... Mais M. Louis Bonaparte doit pourtant savoir qu'il n'a de son oncle qu'un simple nom propre. L'orgueil ne s'exalte point au delà du possible. Le prince, il est vrai, peut trouver plus facile de rêver aux splendeurs de l'empire que de sonder la profondeur de la science du gouvernement : c'est ainsi que commencent les rêves... Mais a-t-il pensé aux soudains et terribles réveils du peuple !...

O France, ô ma patrie, toi qui, alors même que ta colère s'allume, laisses partir les rois, en plein soleil et sans permettre qu'un léger caillou soit jeté sur leurs pas, sois toujours

magnanime, sauve le neveu du grand homme,
sauve le fils de l'ancien roi de Hollande, des
soucis du pouvoir; ou plutôt, puisque roi des
Bataves il naquit, renvoie-le doucement en
Batavie... Les rois se portent mieux, sur les
rivages du Zuiderzée. Les faibles poitrines y
trouvent toujours air peu vif et ciel mélan-
colique...

XX.

Le prince Louis éclaireur de la royauté.
Plan légitimiste.

Derrière le nom que porta l'empereur, il
en est un autre qu'on prononce encore avec
grande discrétion, que le parti garde religieu-
sement dans son cœur, et qu'il tient en réserve
pour un avenir plus ou moins lointain. Ce nom,
ô peuple, est le symbole d'une foi vraiment respectable et qui honore ses fidèles; mais ce
nom désigne depuis longtemps une pensée profonde qui prouverait, si elle aboutissait, que
ce parti seul, depuis vingt ans, a le secret de
l'avenir, et que, d'un regard ferme et sûr, il a
mesuré, avec une désespérante sagacité, tes
inconstances fatales, ton indicible légèreté et

ton humiliant retour à ce que trois fois tu as proscrit et cru briser, à toujours, au 24 février.

Si ce nom venait à surgir de nouveau à l'auréole de la royauté, ta vie, ô peuple, n'aurait été, pendant cinquante ans, qu'un pénible et funeste sommeil; ta foi en ta force et ta souveraineté ne serait qu'une amère dérision, et désormais, aux yeux de l'Europe, qui ne devrait plus te regarder que comme un grand pupille, sans espoir d'âge d'homme, tu n'aurais qu'à garder le morne silence d'une infériorité manifeste.

Ce nom, que porte un prince d'antique et de haute lignée, un enfant de la France, innocent des péchés de ses pères, et pour qui la patrie doit se rouvrir un jour, quand le temps du calme sera venu, et que la République aura incarné, dans tous les cœurs, l'idée que *le monde peut marcher, sans une royauté plus ou moins légitime*, ce nom est le mot d'une énigme profondément conçue, mais qui n'est pas très-ambiguë. Ton bon sens te la démêlera facilement; la voici : le prince de ce nom est, pour le parti de ses fidèles, le roi qui doit relier l'avenir au passé, ressusciter le principe de la légitimité, contre lequel tu as lutté, depuis cinquante ans, et contre lequel l'Europe s'agite et se débat aujourd'hui.

Relever et raffermir, un jour, la ligue des rois contre les peuples, voiler pour toujours la statue de la liberté, traiter ton séculaire effort vers l'égalité et la fraternité, comme un rêve insensé et funeste, renouveler l'audacieuse tentative du privilége contre le droit, des classes nobles contre les classes déshérilées, recommencer enfin l'œuvre de la royauté féodale contre Dieu, qui toujours père des peuples, ne permit lui-même la royauté de Saül que comme un châtiment, et deux fois t'a donné là force de réaliser, dans ta loi politique, la sainte loi de son Christ : telle est l'impérissable ambition du parti légitimiste ; et il faut dire, à la louange des penseurs de ce parti, que, fermes en leur foi, ils ne consentent à amoindrir leur principe, à en adoucir la rigueur, que comme une transition nécessaire, pour remonter de la démocratie au pouvoir royal absolu. Voilà, peuple, le dogme du parti, voilà son but, voilà l'avenir qu'il rêve toujours.

Pour y arriver, ils savent parfaitement qu'il

faut rétrograder d'un siècle, refaire, pour ainsi dire, le monde des idées ; mais ils espèrent que les excès, les commotions, les misères et les angoisses de la révolution lasseront ton courage, épuiseront ton espérance et te forceront à revenir demander, à leur principe, une commode servitude, qui puisse t'affranchir des douleurs sans cesse renaissantes de la révolution. Te révéler leur plan, ils n'en auraient garde, sachant parfaitement qu'il rallumerait ta colère. Mais ce parti compte sur tes excès, ô peuple, et surtout sur les folies, sur les désespérantes utopies des démagogues; et de même que le damné consentirait, avec bonheur, à changer son supplice d'enfer, contre la plus misérable existence de la terre, le parti d'autrefois espère que tu reviendras, de toi-même, à sa tutelle absolue, à son commode servage, après avoir été torturé, meurtri, brisé par la roue des révolutions.

C'est pour cela que *le héros de Strasbourg et de Boulogne* leur paraît le satellite le plus heureusement advenu, pour travailler à leur système de découragement continu, par lequel ils veulent te réduire.

8.

Ils espèrent d'abord que tu seras assez aveugle, assez paralysé de sens et d'intelligence, pour confier ta République à un jeune homme, que tu ne connais que par deux coups de tête, deux folies, et *qui n'est ni homme politique, ni savant, ni administrateur, ni diplomate, ni orateur, ni guerrier, ni soldat, ni même musicien*, dit-on, et dont tout le mérite a consisté jusqu'ici à croire que la couronne de France lui appartenait, *vu qu'il était le neveu de son oncle.*

Peuple, toi qui aimes la gloire, la dignité et les nobles choses, tu as dû vivement admirer ces deux magnifiques expéditions de Strasbourg et de Boulogne, où l'un des descendants de l'empereur, et ce n'était pas, à coup sûr, ni le plus beau ni le plus intelligent, venait, avec une demi-douzaine d'amis, prendre tranquillement, dès le matin, possession du noble royaume de France, en invitant gracieusement tes soldats à la révolte et à la guerre civile... Que peut-on dire de ce sans-façon de grand seigneur, avec lequel l'illustre M. Louis Napoléon Bonaparte est venu deux fois te réclamer, comme le propriétaire réclame et reprend son troupeau égaré, partout où il le trouve? Qu'en dis-tu?... tout cela ne doit-il pas être sublime, adorable pour des républicains, pour des Français?...

O Strasbourg, ô Boulogne, si Napoléon Louis Bonaparte est président de la République, les légitimistes, à coup sûr, vous exempteront un jour, quand *le roi sera revenu*, de toute imposition, pour cinquante ans; vos douze plus blanches jeunes filles viendront, tous les ans, à Paris recevoir une couronne d'or, que la France sera trop heureuse de vous offrir, comme signe de la vive reconnaissance, qu'elle devra toujours aux deux cités qui ont fait la réputation et la gloire du seigneur Louis Bonaparte. Seulement, comme il faut toujours un peu d'amertume au fond de toutes les joies humaines, afin que l'homme ne s'endorme pas ici-bas et aspire aux célestes demeures, en ce poétique jour de fête, douze autre jeunes filles, aux blanches mains, au teint rosé, au cœur tendre, au regard sympathique, seront condamnées à venir tous les ans, *souffleter*, sur la place de Grève, la statue du brave général Vaillant, qui eut le malheur, le 30 octobre 1836, de glorieuse mémoire, d'aimer la France, avec une âme toute française, de sentir, avec la noble fierté d'un brave, l'incroyable injure qui était faite à la dignité du peuple français, d'éprouver cette sublime colère, qu'inspirent toujours les outrages qui s'adressent à la patrie, et qui, voyant la ridicule audace du conquérant, *châtia cavalièrement* la précoce et fugitive Majesté.....

Mais vous, bienheureuses cités de Strasbourg et de Boulogne, rassurez-vous, vous aurez l'honneur de donner votre nom aux deux premiers princes du sang, pour avoir lancé et mis en scène cet heureux poursuivant de l'empire, qui vient si à point pour altérer, ruiner, user, discréditer et perdre la République, fatiguer, torturer, décourager et dégoûter le peuple, jusqu'à lui faire désirer un roi, à la façon des vieilles grenouilles; enfin pour entrouvrir le portail du palais monarchique, que le peuple croyait naïvement avoir clos, à toujours, après le 24 février. Le grand neveu de Napoleon n'entrera pas certainement lui-même dans le royal sanctuaire, mais enfin il aura vu la terre promise, et peut-être, un jour, le roi de la première ou de la seconde branche, ou encore de la troisième, qui est à venir et peut se dégager, un de ces quatre matins, le feront connétable ou marquis de Carpentras.....

XXI.

Le compte du peuple tel qu'il se règlerait.

Quant à toi, peuple, ton lot sera facile à régler et tel que tu l'auras mérité; la vieille monarchie viendra te dire : *Peuple, réveille-toi, cesse de rêver, brise ton idole de la liberté, et chapeau bas! Salue ton roi, le roi de tes pères, le roi de l'avenir, le roi désormais invincible.*

Voilà au plus net ce qui se pense et se prépare tout bas; voilà ce que de vigoureux et nobles croyants se disent sûrs de réaliser, au sein même de cette France, que, depuis cinquante ans, tu laboures, en tous sens, avec la charrue de la liberté.

Ce plan, ô peuple, est le défi le plus hardi, le plus audacieux, et il faut bien le dire, le plus humiliant, que ce parti puisse porter au prince Bonaparte et à toi : *au prince*, puisque, dans ce plan, il n'est que l'aventureux avant-coureur de la légitimité ; *à toi-même*, puisqu'on ne prend au sérieux ni ta révolution, ni ton droit, ni ta souveraineté, qu'on espère bien faire disparaître, au premier coup de vent. Dans ce plan, tu le vois, la grande histoire depuis 89 jusqu'au 24 février, n'est qu'une immense et amère dérision.

Voilà le vrai au plus bref ; et je vous défie, toi et le neveu de l'empereur, de sortir de ce cercle, si l'un est assez insensé pour y perdre son avenir de grand citoyen, l'autre assez mal-avisé pour ouvrir la porte à la royauté, avec la main du neveu de l'empereur.

C'est à toi de voir si ta misère n'est ni assez ancienne, ni assez profonde ; si tu n'as pas vu tomber assez de tes enfants, au milieu de tes sanglantes discordes et des guerres fatales, allumées pour ou contre la royauté.

Le cœur saigne au pauvre Archiloque, quand il envisage seulement ces éternels et sombres retours, dans lesquels tu t'agites si tristement, depuis cinquante ans, et où tu passes tour à tour de la haine à la passion des rois, de la fureur au dégoût de la liberté, te laissant éternellement ballotter entre les partis les plus contraires, et payant, arrosant toujours, de ton sang, les ambitions des princes, les folies des rois, les fureurs des démagogues.

Aujourd'hui même, huit mois après la révolution de février; après avoir demandé la forme républicaine la plus exagérée, après qu'une partie de tes enfants, sans doute égarés et trompés, mais ardents pour la République, ont livré l'horrible, sacrilége et à jamais lugubre bataille de juin, pour les idées les plus insénsées du socialisme, tu te précipites toi-même à la servitude.

Tu veux donc recommencer l'éternelle guerre entre les grands et les petits, entre les riches et les pauvres, entre les privilégiés et les abandonnés, avec le même aveuglement qui te menait naguère à cet exécrable combat, où tu devais périr tout entier, toi, tes enfants, ton avenir et la France, avec vous, si tu avais eu le malheur de vaincre.

Tu sembles te retourner contre la République, qui *seule cependant peut organiser définitivement ton pays*, parce que, en huit mois, elle n'a pas eu le temps ni de détruire le dévorant égoïsme, qui, depuis quinze ans, a pris racine dans notre sol, et qui hurle comme un damné, du moment où une obole lui est réclamée, où son existence est un peu troublée;

Parce qu'elle n'a pas eu le temps de persuader à tous ces heureux d'autrefois que leur repos et leur bonheur seraient infiniment plus doux, si la patrie comptait moins de souffrants, moins de malheureux;

Ni d'apprendre aux républicains de la veille ou du lendemain, que la République, état essentiellement moral et sérieux, n'a besoin ni des airs farouches, ni des allures matamores, ni de cet insociable orgueil qui proscrit et frappe de déchéance tous ceux qui, d'humeur plus douce, n'aiment ni le fracas des paroles, ni l'exaltation des idées, ni les anathèmes de la suffisance;

Parce qu'elle n'a pas le temps de rendre l'ordre à nos finances, la circulation aux affaires, le mouvement à l'industrie;

Ni de donner la vie à l'agriculture qui, à elle seule, doit calmer la moitié de tes douleurs;

Ni de moraliser l'esprit public, de manière que ta vie, ô peuple, l'existence de ta famille, l'avenir de tes enfants, ne soient pas

éternellement à la merci de ces illustres *vanités, qui ne trouvent jamais le pouvoir bien
placé que dans leurs mains, et qui ne devien-
nent chagrines, inquiètes, sombres, révolution-
naires, alarmées pour le pays, que le jour où
elles ont été forcées de le résigner ou de renoncer
à l'atteindre;*

Parce qu'elle n'a pas eu le temps de rendre
au sentiment religieux sa puissance, à l'esprit
d'ordre sa vigueur, aux mœurs leur salutaire
et vivifiante influence ;

Ni enfin de faire descendre, du fronton de
nos édifices publics, dans nos cœurs, les saintes
idées de *liberté*, d'*égalité*, de *fraternité*.

XXII.

La politique des fortes têtes.

Tu veux, dis-tu, ô peuple, te réfugier sous un
pouvoir fort et durable ; et toutes les fortes têtes
de la bourgeoisie sont de ton avis, sur ce point.

Tous ces courageux politiques, dont pas
un n'a eu le cœur de défendre ou d'accompa-
gner au moins à son exil, le roi de la bour-

9

geoisie, qui leur avait pourtant tout donné : *ai-*
sance, position, célébrité, mérite,

Tous les chastes Catons de la bourse, tous les
rois de la finance, qui se virent dix ans durant,
les tout-puissants suzerains de l'industrie, de la
banque, du gouvernement, de la politique,
de la diplomatie, du roi lui-même,

Tous ces heureux rentiers, dont la révolution
n'a que momentanément troublé la digestion et
envers qui la République se conduit, avec une
juste, mais si honorable probité, tous ces hommes enfin, *pour qui vivre sera toujours rire,*
jouir et se prélasser, dont les uns vivaient si bien
d'opposition, les autres de ministérialisme,
sous le roi Louis-Philippe, qui au moins leur
donnait l'exemple des vertus de famille,

Tout ce monde si spirituel, si brillant, si intelligent, si généreux, si dévoué, qui hurla
l'anathème et la proscription sur l'*inso-*
lent aventurier de Strasbourg et de Boulogne,

Tout ce monde qui, en lui ricanant avec un
suprême dédain, le tint pendant quatre ans
prisonnier à Ham, tout ce monde, ô peuple, te
parlera de ce même Louis-Napoléon Bonaparte,

comme d'un sauveur, d'un ange tutélaire, que la Providence envoie.

Ce même Napoléon que le dernier valet de Louis-Philippe traitait du haut de sa grandeur ;

Ce même Napoléon que tous les grands génies de la monarchie déclaraient incapable de faire un sous-préfet ;

Ce même Napoléon, à qui le plus modeste comte de Louis-Philippe n'aurait pas voulu donner sa fille ; qu'ils *traitaient, en chorus, d'ambitieux vulgaire, de fou jeune homme, sans esprit, comme sans cœur.*

Eh bien ! ô peuple, c'est ce même jeune homme, qu'une intelligente et généreuse partie de la bourgeoisie te présente, comme l'homme fort qui doit te sauver, t'affranchir de ta misère, te rendre la paix, avec la prospérité, et assurer la stabilité du gouvernement... impérial... ou royal... On verra.

O ingratitude ! ô lâcheté ! ô misérable couardise ! ils n'ont pas su défendre la famille de Louis-Philippe, et ils veulent faire la fortune de celle de Napoléon !.....

XXIII.

**Le peuple est patient, mais il comprend
et il n'oublie rien.**

Généreux parce qu'il est fort, le peuple a
rendu la patrie au prince Louis; mais il ne
devait pas soupçonner que le premier acte de
l'exilé serait de se poser comme le centre de
tous les partis ennemis de la République.

Le peuple sait parfaitement que la haine de
la République conduit seule, vers la tente du
prince, les éternels ennemis de toute réforme ;

Il sait qu'il n'y aura jamais alliance sincère
entre le prince et ceux qui les tinrent lui et sa
famille, plus de trente ans, rivés à l'exil.

Le peuple comprend donc très-bien que leur
union momentanée n'est qu'une immense con-
juration contre la République, et qu'une fois
la République étouffée sous ce petit chapeau
de l'empereur, ses ennemis reformeront leurs
partis implacables et rejetteront fatalement
la patrie dans les angoisses de la révolution.

Le peuple sait que les étoiles qui se
lèvent sont toujours séduisantes ; mais il aime

les mémoires et surtout les cœurs fidèles.

Le peuple sait qu'ils jouent ses destinées, sur un nom propre ; mais il méprise l'égoïsme.

Ils peuvent donc se liguer toûs et mettre sa patience à forte épreuve ; mais la nation armée du suffrage universel, jugera leur *généreuse* pensée de *tuer* la République, par le malaise et la misère.

Le prince, complice de ces déplorables combinaisons, comprend-il, à son tour, l'avenir et l'intérêt de son nom?... C'est là son affaire ; mais le peuple n'a pas oublié ses deux extravagantes tentatives.

Les grandes nations aiment à se reconnaître dans leur choix... Qui pourrait dire si le prince Louis est *cramoisi, rouge, bleu, blanc, gris, tricolore!...*

Certes, si tous ces princes n'étaient pas également dangereux pour une République naissante, le peuple prononcerait d'autres noms ; car le peuple n'a pas oublié ces deux jeunes généraux, princes aussi, mais à la manière des bons citoyens, à la manière des nobles âmes : ces deux princes apprirent, un jour, que la fatale destinée venait de briser leur brillante existence, et que le trône de leur père avait été livré aux flammes, sur la place publique. Ils commandaient deux armées, l'une de terre, l'autre de mer, toutes les deux dévouées à leurs chefs. Ces deux princes avaient excité de grandes, de vives sympathies; dans toute la France, ils avaient, par leurs brillantes et solides qualités, conquis de sûres amitiés; leurs talents avaient été reconnus et éprouvés.

Ces deux princes se trouvaient donc alors dans une de ces situations critiques et décisives, où la fortune se range presque toujours au parti de l'audace; une pensée d'ambition, un mot de colère, de leur part, eût pu égarer leurs armées et les tourner peut-être contre la République. Ces deux princes étaient braves; leurs soldats connaissaient leur cœur et leur capacité; tout le monde savait que l'un d'eux avait protesté, avec toute l'énergie d'une âme française, contre la déplorable politique de son père.

Tous les deux cependant s'inclinèrent, sans hésiter un moment, avec la plus noble résignation, devant le génie de la patrie; ils saluèrent respectueusement le drapeau de la République, et partirent pour l'exil, en disant à leurs soldats, que le génie de la République était désormais le génie de la France.

Noble et héroïque exemple du plus pur patriotisme, qui restera toujours, comme la plus belle leçon donnée aux prétendants, et qui, au milieu de toutes ces mesquines ambitions, de toutes ces coupables espérances qui agitent les ennemis de la République, console et repose le cœur, et élève ces deux princes au rang des plus grands et des meilleurs citoyens !...

Certes, voilà deux princes dignes du grand cœur de l'illustre premier consul de la première République ; et si l'ombre de Napoléon pouvait rappeler son turbulent neveu aux nobles sentiments des grandes âmes, elle l'inviterait, à coup sûr, à méditer, à imiter le magnifique exemple de leur abnégation et de leur patriotisme. Mais que le fils de l'ancien roi de Hollande, cet ardent et infatigable prétendant, qui s'imagine que le testament d'un oncle détrôné par les destins et la fortune de la France, peut tenir lieu de mérite, de capacité et de services, ne s'y trompe pas,... la justice du peuple, comme celle de Dieu, est prompte, et vient toujours, à son heure.

Si l'égoïsme et la vanité personnelle de ses prôneurs pouvaient parvenir à égarer un instant les électeurs français, elle justifierait, pour quelque temps, les superbes dédains, avec lesquels la presse et les nations étrangères parlent déjà d'une aberration présumée, aux élections du premier président de la République. Mais qu'il ne s'y trompe pas, la France, bientôt désabusée, remettrait ses prôneurs à leur place, lui rendrait à lui-même, selon ses œuvres; lui rappellerait que, dans un moment, où son devoir le plus simple de citoyen lui commandait de ne pas venir ajouter à la difficulté de la situation, *il n'a pas craint de mettre l'avenir de la nation en question, et que, pour satisfaire uniquement sa vanité de prince, il a tenté le difficile gouvernement des esprits, avant d'avoir donné le moindre gage ni à la France, ni à son peuple, ni à la République.*

Mais non, ô peuple, non, cette candidature ne peut pas être sérieuse; il n'est pas possible que le neveu de l'empereur, de ce grand homme, qui, alors qu'il lui restait encore le prestige de son nom, l'amour de son armée et les ressources de son génie, préféra deux fois s'abdiquer lui-même et descendre du trône, pour préserver de la guerre civile, cette France, qu'il aima toujours d'un si grand amour; il n'est pas possible que le neveu du grand empereur oublie, jusqu'à ce point, les nobles exemples de son oncle, et ne veuille puiser, dans son testament, que la malheureuse idée fixe, qu'il a droit de régner sur la France, en vertu de ce droit d'hérédité *que son oncle avait brisé lui-même*, et dont la conscience de la nation a tant de fois fait justice depuis.

Prince, il en est temps encore, vous pouvez rester le neveu du grand consul et mériter, par votre abnégation, l'estime de tous et la reconnaissance de la patrie. Ne laissez pas troubler les premières années de la République, en permettant que de turbulentes et égoïstes ambitions agitent votre nom, comme le drapeau ennemi de la République et le signe avant-coureur du retour à la royauté; imitez la noble conduite de vos cousins, imitez leur patriotique désintéressement, et la famille de Napoléon redeviendra une famille des plus populaires de France.

Prince, voici votre situation en deux mots : *Si vous vous obstinez à prétendre à la première présidence de la République, votre avenir est perdu..... Si vous savez, au contraire, rester modeste et désirer voir la République s'affermir, s'organiser et prendre sa voie, sous une première présidence plébéienne, le peuple français s'en souviendra... Rappelez-vous que la France a gardé le plus sympathique, le plus pieux souvenir des adieux de Fontainebleau, tandis qu'elle ne se rappelle jamais la fête du couronnement de votre oncle qu'avec un sentiment d'amertume. Encore une fois, voilà la double route par laquelle vous pouvez aller ou à la douleur et à l'angoisse, ou bien à l'estime de vos concitoyens, au bonheur d'une noble conscience... peut-être aussi à la gloire.....*

Archiloque, qui n'est, après tout, qu'un humble meunier de province, bien et dûment patenté, aime et respecte, en vous, son concitoyen. Il aura toujours une sincère sympathie pour la famille de l'empereur, précisément parce que les rois de l'Europe la traitèrent longtemps avec iniquité ; mais quand il voit l'un des Bonaparte venir, de gaieté de cœur, et *sans même l'ombre d'un motif d'intérêt public*, risquer le présent, risquer l'avenir de la France, il ne peut s'empêcher de vous rappeler, monseigneur, que feu votre oncle, de glorieuse mémoire, ne joua jamais le sort du peuple que sur un champ de bataille, où un ennemi était venu défier le droit et l'honneur de la France.

Mais toutes les fois qu'il fallut sacrifier au bien public et les intérêts de sa famille et sa propre couronne, l'empereur n'hésita pas ; il se montra toujours, en ces circonstances critiques, le plus grand citoyen de son pays ; c'est pour cela surtout que la postérité lui a été et lui restera toujours sympathique.

Et vous, monseigneur, quand tout vous fait un devoir d'une noble abnégation, vous voulez, vous tenez à inquiéter, à troubler la France, au moment même où elle vient de vous rendre les douceurs de la patrie ; vous n'hésitez pas un instant à la rejeter peut-être dans les convulsions de la guerre civile, et tout cela, pour la *stérile vanité de vous entendre dire* : Monsieur le président !...

Car, monseigneur, ceux mêmes qui vous poussent, il ne faut pas vous y tromper, ne vous adoptent pour drapeau que parce qu'ils espèrent vous *manier;* et à l'ombre du drapeau, *qu'ils tiendront eux, et non pas vous,* ils feront l'un ses affaires, l'autre sa carrière; celui-ci saisira enfin le ministère qu'il poursuit depuis quarante ans, celui-là se réparera des injures du temps et des hommes.

Quant aux partis, chacun se flatte que vous serez le plus débonnaire des pilotes; ils comptent tous s'embarquer sur votre navire et faire chacun, sous votre pavillon, route vers sa destination, l'un vers les tranquilles plages de la légitimité, l'autre vers les fermes-modèles des rois constitutionnels, celui-ci vers les rives où l'orgueil et l'imagination bâtissent, en ce moment, les *communaux hangars* des futurs *patagons* de la civilisation communiste, celui-là aux volcaniques bords où, à l'ombre du drapeau rouge, doit éclore un jour cette heureuse société où tout le monde aura même taille, même talent, même caractère, même estomac, même opinion, surtout même couleur, à peu-près comme au temps du *débon-*

naire roi *Procuste.* . . . . bords enchantés où toutes les mères auront le même nombre d'enfants et les hommes les mêmes vertus, où enfin le droit sera si également nivelé pour tous, que nul ne pourra dire, dans son année, *une parole de plus* qu'aucun de ses concitoyens, et *où par conséquent, monseigneur, tout le monde, sera également éloquent.* Rions, rions, monseigneur, parce qu'il serait trop difficile de se défendre d'un sentiment de profonde amertume et presque d'indignation, si l'on réfléchissait qu'en précipitant votre candidature, *sans titre aucun*, uniquement sur la parole de vos flatteurs intéressés ou malavisés, vous vous égarez dans une tentative où vous ne rencontrerez, à coup sûr, que d'inextricables difficultés, et la déchirante pensée que vous avez compromis la République et votre nom, pour une fatale illusion.

Les flatteurs furent toujours funestes, vous le savez ; mais, en aucun temps, les ambitions et les vanités ne semèrent de tant d'écueils la carrière d'un prince...... Tremblez que le neveu de l'empereur ne soit pris pour *marchepied*.... Ce serait plus cruel pour votre nom que le rocher de Sainte-Hélène ne le fut pour la vie de l'empereur.

XXIV.

Un Président plébéien convient seul à la République.

Nous voici, ô peuple, arrivés au point : qui sera président de la République?... A qui l'impérissable honneur d'inaugurer le gouvernement régulier de la République? Tu connais l'immense péril qu'il y aurait à confier tes destinées aux mains d'un prince : ce serait rouvrir la voie aux espérances de tous les partis royalistes, rétablir l'antagonisme des opinions ennemies du gouvernement républicain, et fonder l'anarchie pour arriver inévitablement à la tempête; ce serait, ô peuple, laisser douter de ta résolution de maintenir la révolution de février et remettre tout en question.

Tu peux, et pénètre-toi bien de cette idée, tu peux, d'un seul coup, trancher toutes les affreuses têtes de l'hydre de l'anarchie et fixer ton avenir sur une base inébranlable. Si tu tiens, ô peuple, à fonder la paix et l'avenir pour tes enfants, si tu veux sceller la pierre du sépulcre, où doivent rester à jamais ensevelies toutes les servitudes et toutes les iniquités du passé, si tu désires sauver le présent et ouvrir le sillon de l'avenir, tu n'as qu'un dernier grand acte à faire : *élire un président sorti du peuple.*

Ce choix seul proclamera, aux yeux de l'Europe, l'avénement de ta souveraineté. La convention, pour marquer l'irrévocable volonté de la France d'abolir la royauté, se crut obligée à une lamentable immolation, inévitable selon les uns, inutile selon les autres ; ce sombre drame pèse encore sur les esprits, comme le plus lugubre souvenir de cette grande et terrible époque.

Mille fois plus heureux aujourd'hui, ô peuple, tu n'as plus, pour fonder ta République, qu'un acte pacifique et suprême à accomplir : *élire un président* ; mais la paix, l'ordre, le repos et la prospérité de l'avenir tiennent à une nomination plébéienne. C'est à toi de choisir l'un des tiens.

Te désigner qui ne serait pas chose difficile, si les choix politiques, en France, étaient de notre temps, comme ils le seront un jour, dominés par un pur patriotisme, si surtout ils étaient entièrement livrés à ton bon sens. Mais les partis, qui ne vivent que d'agitation et qui comprennent que, sur ce sol de la République, une fois consolidée et confiée à des mains sûres, toute ambition personnelle et toute intrigue doivent se briser désormais contre les arrêts du suffrage universel, les partis qui sentent que l'heure de la conciliation, de la concorde et de la vérité politique approche, les partis vont redoubler de stratagèmes, de ruse et d'ardeur pour jeter au sommet du pouvoir quelqu'un, qui laisse l'avenir ouvert à leurs criminelles espérances ou à leurs rêves insensés. A toi donc, ô peuple, de clore la révolution et de fermer l'avenir aux mauvaises passions !...

Il te faut un homme dont le passé soit parfaitement pur, qui puisse défier l'envie et la passion, et préserver ainsi la dignité du pouvoir de toute atteinte fatale. Depuis trente ans, songes-y bien, tous les hommes qui n'ont pas craint d'aborder le gouvernement avec un passé vulnérable, sont tombés misérablement et ont toujours amoindri la tutélaire autorité de la société elle-même. Il te faut un homme mûr, éprouvé à la vie, qui connaisse les hommes et les choses de notre temps, les besoins et les misères du peuple, et qui soit résolu à porter le remède, ou tout au moins le plus grand adoucissement possible aux douleurs sociales qui nous travaillent;

Un homme dont l'esprit soit assez ferme et assez vigoureux pour s'élever au-dessus de toutes ces détestables ambitions égoïstes qui, depuis vingt ans, sèment l'inquiétude, la désunion et la haine, pour s'emparer du pouvoir et occuper les positions politiques, dans des vues uniquement personnelles;

Un homme résolu à gouverner enfin en vue de la France, en vue de cette nation qui jusqu'ici a prodigué sa confiance, ses trésors, sa fortune, ses enfants à tous les gouvernements monarchiques, et qui n'a reçu en retour que dépenses folles, intrigues de coterie et amères déceptions;

Un homme également décidé à combattre énergiquement tous les ennemis de la République, à préserver le pays des intrigues monarchiques et des folies des partis exaltés;

Un homme résolu à restituer à la justice sa force, aux lois leur empire, aux mœurs publiques leur dignité, au trésor l'économie, à l'administration sa règle et ses droits, à tous les enseignements publics leur puissance de moralisation;

Un homme assez fort pour tenir, d'une main ferme, le gouvernail de l'État, et d'une âme assez grande pour comprendre que, pour celui qui est au sommet du pouvoir, la seule pensée de désobéir à la loi et de garder la puissance un jour, une heure de plus que ne voudrait la Constitution, serait un crime et le plus odieux des attentats;

Un homme enfin, à l'âme assez noble pour sentir que la modestie et l'abnégation sont les deux premières vertus des grands citoyens, et que celui qui gouverne ne saurait rencontrer qu'un vrai bonheur, à savoir de mériter et

d'emporter l'estime et la reconnaissance publiques en descendant du pouvoir.

Si maintenant à toutes ces qualités néces-
saires au chef de la République, un homme
joignait un courage éprouvé, une connais-
sance profonde de la guerre, cette science
terrible dont la France peut avoir besoin demain peut-être, pour défendre son drapeau,
la liberté des peuples et la cause de la civilisa-
lisation, dont Dieu l'a constitué le porte-
enseigne ;

Et si, dans le danger le plus critique où
puisse se trouver une nation, cet homme avait
sauvé le pays et la société elle-même, aux ac-
clamations de l'Europe tout entière,

Peuple, ton bon sens, ta haute raison, l'a-
mour de la patrie et la reconnaissance, qui
doit être toujours la vertu des peuples, te feraient l'impérieux devoir de choisir cet homme
pour le président de ta République

Peuple, cet homme t'est connu; il s'appelle
le général CAVAIGNAC, républicain sincère,
modéré, conciliateur, esprit calme et vigoureux, âme noble et modeste entre toutes. Au 25
juin, la France entière lui aurait déféré le pre-

mier pouvoir de l'État. Peuple, ce que la France pensait alors, c'était la pensée de son cœur, c'était l'intelligence de sa situation et de ses besoins. Cette situation, ces besoins sont les mêmes ; le même homme doit donc être appelé à faire ton salut et celui de la République.

Sa vie t'est connue : pure et glorieuse, elle a été marquée par mille actions qui n'appartiennent qu'aux grandes âmes. Archiloque ne t'en citera que deux.

Les soldats de cet homme s'étaient un jour couverts de gloire en Afrique ; leur chef fit son rapport, et ne disant pas un mot de lui-même, il demanda justice pour la bravoure de plusieurs. Le gouvernement d'alors crut devoir ne répondre à son rapport qu'en le nommant lui même lieutenant-colonel. Cavaignac, en recevant la décision du gouvernement, eut l'âme navrée et renvoya son brevet, avec ces mots d'une belle âme et d'un brave : « *J'avais demandé au gouvernement une récompense trois fois méritée pour mes compagnons d'armes ; quand leur bravoure se trouve oubliée, leur chef n'a pas le droit de recevoir le prix d'une victoire qu'il ne doit qu'à leur courage.»*

Un autre jour, quelqu'un eut la malheureuse pensée d'attaquer, dans l'assemblée nationale, la gloire d'un des plus illustres généraux d'Afrique, de l'un de ces hommes qui font l'honneur d'une grande nation, du général Lamoricière. Le général Cavaignac monta sur-le-champ à la tribune et prononça ces mémorables paroles, qui resteront comme l'expression d'une âme peut-être plus belle encore par sa modestie et par sa profonde sympathie pour le mérite et la justice, que par les nobles qualités que le général Cavaignac a déployées, pendant toute sa vie : *Je ne comprends pas l'attaque du préopinant, et si quelque chose m'étonne, c'est que le général Lamoricière soit au second rang, quand je me trouve au premier.* Noble parole digne d'un grand et noble cœur !... Les anciens l'eussent recueillie, avec respect, et le nom de celui qui l'avait prononcée eût été recommandé à l'admiration de la postérité... Peuple, la France, entre toutes les nations, est digne de comprendre ce noble langage. Le général CAVAIGNAC sera donc l'homme de ton choix. A toi de faire justice et de réaliser le vœu de la France : ce sera le salut de la République...

Si quelqu'un venait te dire que cet homme penche vers les opinions exaltées, repousse la calomnie; car ce n'est là qu'une odieuse invention des ennemis de la République. Né trouvant rien à dire contre l'homme qui avait déjà sauvé la société et qui peut briser l'anarchie et assurer ton repos, ils cherchent à t'effrayer par cette indigne calomnie, à laquelle toute la vie du général donne un éclatant démenti. Ton bon sens te dira suffisamment qu'il ne peut être possible à personne de faire dévier la société française vers les turbulentes et fatales utopies des exaltés, pas plus que de la ramener aux absurdes préjugés de la vieille royauté.

Le général Cavaignac porté à la présidence, c'est la République modérée, sage et intelligente, inaugurant, pour la France, l'ère de la liberté bien comprise et du gouvernement entendu et exercé dans l'intérêt de la paix, du repos, de la grandeur et de la prospérité de la France.

Peuple, nommons donc un homme du

peuple, un grand citoyen, un soldat intrépide, nommons le général CAVAIGNAC, et la République vivra, et la France prospérera à l'ombre du drapeau de la République.

Archiloque te souhaite, ô peuple, bon sens, intelligence de tes véritables intérêts, repos dans le présent et prospérité dans l'avenir. Puisse ta belle patrie grandir toujours, sous la main de la Providence, qui l'a toujours menée avec tant d'amour et qui l'a protégée d'une manière si éclatante, depuis que la révolution de février est venue l'ébranler, pour lui ouvrir ses grandes destinées dans l'avenir !

Adieu, et sois heureux!.....

FIN.

PARIS.—Imprimépar E. Thunot et Cᵉ, rue Racine, 28, près de l'Odéon.